趣味演說高手

運用幽默故事的演講

Speaker 出版總序

現今的世界是一個注重溝通及訊息大量快速傳遞的社會，也是一個需要懂得適時表達自己意見的時代，當意見的表達夠清楚明瞭，對方懂得你的意思時，許多事情才能順利進行；反之，則可能影響到事務進展的效率，甚而產生不可挽救的後果，大則如：一筆高利潤的生意就此泡湯或國家形象受挫，小則如：朋友間感情破裂。古人云：「一言以興邦，一言以喪邦。」這句話正明白揭示了語言的影響力及其重要性，但也不禁讓人玩味的是：怎麼樣的言語何以能興邦或者喪邦？有人認為說話有何難，這是不瞭解個中三昧的人說的話：其實，語言表達的學問可不簡單，所謂「一樣米養百樣人」，每個人因為生活經驗、教育程度、人格特質等因素，對於訊息的接收會有不同的解讀與感受，因此，訊息的傳遞若要能達到特定的效果，勢必要對於聆聽者與環境等相關因素有所瞭解，由此發展出一定的技巧並運用妥當始能竟其功。

揚智出版公司這套Speaker系列叢書的規劃，即是在這種觀念的認知下產生的：成功的

演說（不論型式與目的）是需要高度技巧的活動，當中融合了知識力、情緒力與判斷力，整體而言，就是一門藝術。而此套書即在提供基本概念、理論基礎、技術分析及實務操作上的知識與資訊，以此建構出演說的自信心，期能嘉惠社會上各界的朋友。

水能載舟，亦能覆舟。企盼讀者在閱讀了本系列叢書之後，能「如魚得水」，不僅能喜好演說、享受演說，也能因演說而獲得幸福與財富！

來自國際主持人協會的話

如果你已擁有這一系列有關於公開演講的著作後，還有誰會需要另一本類似的書籍呢？誠如各位所言，這畢竟是一項需要藉由練習與「身體力行」才能學得其精髓的技巧。

以上所言不虛，但是，來自於那些曾經和你處於相同狀況的人們所洞悉的心得與經驗，或許有助於減輕你在這條路上所遭遇到的某些困難與挫折，並能針對如何處理怯場與結巴的演說技巧，提供唾手可得的建言。

總而言之，如果練習是使公開演說表現傑出的最佳解決方式，那麼在國內為何又會有如此多的演講者，無法有效率地進行演說呢？各位不妨想想，許多政治人物、企業主管、專業銷售人員、教師及傳教士們之所以無法打動聽眾的心，是因為他們犯了某些基本的錯誤。例如，講話速度過快或內容太過冗長，並且事先未做好妥當的準備，以及忘了去分析他們的聽眾。

下列這種狀況可說是屢見不鮮：我們常假設由於自己在傳達時已竭盡全力，因此人們自然能瞭解我們所言。但是，沒有任何事情能比事實更令人啞口無言！聽眾對我們所做的判斷，係以他們「認為」我們所說的，而非以我們意圖傳達或真正的意思來作為基礎。簡言之，我們所傳達的意旨及我們的可信度才是吸引聽眾的最主要關鍵。因此，此系列叢書的付梓，便是要對各位的傳達過程提供幫助，讓你好整以暇地應付各種突發狀況，警告你各種可能的陷阱，以達到確保聽眾們所接受到的訊息與你所想要傳達者完全一致的目標。

本系列叢書提供給各位的，乃是許多與演講有關之領域中的專家們累積多年的智慧心血結晶。這些著作都是由受過學術訓練的專家們所編撰，他們在撰述、從事演講及教育訓練方面，都有數十年的經驗。這套叢書涵蓋了與演說有關的各項領域：如何編寫引人入勝的講稿、運用故事敘述與幽默感、針對不同的聽眾群設計投其所好的特定主題、激勵人們做出回應、利用科技來做介紹或發表，以及其他的重要主題。

不論你是一位毫無經驗或是純熟老練的公開演說者，此系列叢書都值得你典藏閱覽。因為不論你多麼優秀，必定仍有精益求精的空間。成為一位更有效率的演說者之關鍵就掌握在你手中：你是否願意依照這套叢書中所概述的各項技巧與建議，來做自我進修式的練習？

我真的相信：每位衷心希望能成為一個信心十足、魅力無窮之公共演說家，必定能遂其所願。在這個領域中的成功或失敗，完全決定於你的態度。天底下並無所謂的「毫無可能之

事」，有志者，事竟成！因此，你如果想要增強個人與職業上的成就，我鼓勵各位藉由下列兩個途徑而成為一個更優秀的公共演說家：

◆詳細閱讀此套叢書。

◆坐而言不如起而行——練習你由書中所學習到的技巧。

——泰倫斯・麥肯（Terrence J. Mc Cann）

國際主持人公司執行理事

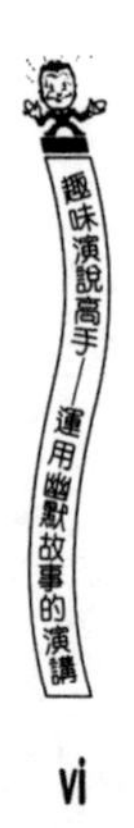
趣味演說高手——運用幽默故事的演講

來自全國演說者協會的話

若想成為一位真正的專家，學校絕不是解決的辦法。此系列叢書的問世，便是為了將各種觀念及資訊，與那些企圖讓自己成為演說家的人們一起分享。身為一個擁有超過三千七百位專業演說者，且致力於使演說及其價值更為精進的團體，全國演說者協會對此套涵蓋範圍廣泛、極具教育性的鉅作深表歡迎。

專業演說的領域乃是由許多才華洋溢、來自各行各業的人們所組成，其中包括：諮詢顧問人員、訓練人員、教育學者、幽默作家、企業專家、作者及其他不勝枚舉的許多人。全國演說者協會將這些來自於四面八方的專業演說者聚集在一起，以便為他們的客戶提供更好的服務，使他們的事業得以提升，並幫助他們的個人與專業發展能更上一層樓。

在此系列叢書中，各位將可看到全國演說者協會的成員們所提供的各種專業知識與寶貴經驗。這種觀念與知識的分享，乃是全國演說者協會之會員的一項關鍵要素。全國演說者協會的創始人與會長——艾默里特士・卡維特・羅勃（Emeritus Cavett Robert）曾說過：

「在價值上遠比第一手來得更為重要的二手事物，就只有經驗了！我們的生命極為短暫，沒有足夠的時間可透過嘗試錯誤法來進行學習；因此，最佳的途徑唯有讓你在『他人經驗』中去獲得提升。」

「資訊時代」已創造出一種對專業演說者的龐大需求；「教育」將成為全球最高度成長的行業之一，這也是不足為奇的結果。然而，可能讓我們感到訝異的是，當我們在談到教育時，所指的並不是傳統的大學院校，取而代之的是每天都在各大飯店與團體訓練場合中所進行的學習。提供這些學習經驗的「教授群」，通常都是學有專精的演說者。

在這項快速成長的會議業務中，演說者們乃是一項關鍵要素。依據美國公會主管協會的報告顯示，這個會議市場是個營業額高達七百五十億美元的行業。此外，根據美國訓練與發展協會的估計，光是在人力資源發展的領域中，每年的營業額成長就超過一千億美元。

置身於這個新世紀中的聽眾，將會與過去的聽眾截然不同。他們不再以作為一位靜坐聆聽及被動默從的聽眾為滿足；他們想要在學習中扮演一種主動積極的角色；並要求使用更易於理解的科技方式，來介紹或發表敏銳犀利的資訊。那些無法提供此類可讓聽眾加以運用的資訊與內容的演說者及訓練人員，馬上就會發現這些聽眾並不怯於「腳底抹油溜之

大吉」。

有鑑於此，我們歡迎各位進入演說這個領域。當你在研讀此套叢書中的各冊內容時，你將會探索到公開與專業演說中的許多方面。各位即將開始參與一項重要的學習經驗——它將會拓展你作為一位公開演說者的視野，而且也可能灌輸你某種欲望，將演說作為你事業生涯中的一個重要層面。全國演說者協會，這個「專業演說的發表機構」，已準備好提供各位與演說這個行業有關的資訊，以及你在將演說這個職業作為一種抉擇時所必需的各項資源。

——愛德華・史肯奈爾（Edward E. Scannell）
全國演說者協會臨時執行副總裁

趣味演說高手——運用幽默故事的演講

「本書要比一般如何演講等叢書還要更加與眾不同。這一類的書確是非常稀有的。這會讓您的生命經驗充滿了幽默的故事。因此本書將可以讓你加強演講的實力並豐富你的生命。一切都將會更加亮麗光彩！」

——摩根・麥克阿瑟（Morgan McArthur）

一九九四年名士英語俱樂部會員，世界英語演講冠軍，退伍軍人，專業演說家及夢想實現家

「無論我們是聽眾或是主講貴賓都好，演講當中的故事及幽默可以照亮這一條路。這些因子將可以打開一個人的心情及靈魂。喬安娜・史蘭（Joanna Slan）將會告訴您將如何以最犀利、真知卓見及幽默的演講方式來敲動聽眾的心。」

——威廉・艾克（William Ecker）

名士英語俱樂部會員及客座演講貴賓，教育專家，訓練師及潛能訓練師

「喬安娜・史蘭可以辦得到。她在很小的時候就已經可以用說故事的方式表達其要點，並且可以掌握觀眾的注意力。現在她是一位專業的演說家，她已經可以將這些要點運用到爐火純青了。所有的精華她都已經把它放在一本書裡面了——那就是她的新書：

運用故事及幽默，掌握你的聽眾。我是史蘭小姐以前的指導老師，但是現在我也將她的故事用在我的演講當中。」

——鄂歐・康恩（Earl Conn）

波爾州立大學（Ball State University）新聞學院教務長

「我真是太晚才閱讀到此書了！這本書真是太神奇了。它就像一般小說般容易瞭解。我們都可以感受到在閱讀完此書之後，往往會有一種常駐於心的感覺。在文字間所提供的訊息讓我們深覺我們所有的創意都是可行的。」

——伊蘭・佛洛依德（Elaine Floyd）

行銷通訊作者及國際演講協會會員

《趣味演說高手——運用幽默故事的演講》抓住你的聽眾一書的真正力量是在於：它將實際的練習化為您個人所擁有的故事。此書值得每一個人的典藏。」

——葛萊弟・駱賓生（Grady Jim Robinson）

幽默大師及專業故事演說家

序言　如何使用本書

「說故事」與「幽默」。兩者有許多相同之處。如果你想讓說故事從「訊息」形式提升到「幽默」形式，本書將對你大有助益。你很快會發現其實幽默也是一種說故事的形態。如果你能夠更清楚地瞭解故事的形式及內容，就能幫助你變得更加幽默。

在閱讀本書時，你會發現一些很棒的「祕訣」，那是短短的幾句話，乍看之下好像與主題沒有任何關連，事實上卻非常有用。所以請不要忽略掉這個部分，因為這些將會加速讓你跨入專業演講的領域中。

在每一章最末都整理出了一些「摘要」。這樣可以讓你複習所學的部分，並且不會遺漏掉任何重點。這也是複習每一章節時的好方法。

另外，在每一章節的最後也都附有「練習」，這樣可以讓你試著去回憶你所學的，並且可以加深的印象。如果你將本書應用在研討會當中，「練習」部分可以提供你小組練習的參考，並且提供你一個討論成功及問題點的機會。如果本書運用在教室的話，這個部分則可協助教師將這些抽象的概念變得更加清晰。

如果你能將本書當做出發點的話，那麼你將會受益無窮。這本書可以鼓勵並指引你尋找一個對你最好且最正確方法，讓你成為一個幽默的演說家及說故事高手。

目錄

趣味演說高手——運用幽默故事的演講

人類的歷史：說故事的歷史

當這個男人匆忙離去並且在門關上的那一刻，主教說：「坐下來，你有話要跟我說吧！」

——Elizabeth Eyre, *Axe for an Abbott*

悲劇可以開創新的意義——也就是訴說一個新的故事——因為新的故事可以將殘破的生命再重新編織起來。

——Joan Borysenko, *Fire in the Belly*

老故事及新故事都有其新舊意義存在，這些可以洗滌人們心中的憂慮、眼淚及悲傷。因為有這些故事，所以我們可以日益強壯。因為這些故事讓我們知道只要我喜歡一定可以辦得到的。

——Alida Gersie, *Storytelling Magazine*

回顧歷史

在深邃的山洞中，熊熊的火把輝映著山壁，說故事的人正在模仿著某種大型動物笨重蹣跚的步伐。他很快地換了道具並且蹲在一個大石塊後面，他整張臉似乎因為恐懼而扭曲了。他又很快地握起拳頭從石塊後面跑出來，然後在山洞中製造出一種像是群獸奔走的聲音。接下來，他又轉換了角色。他變成那名受驚的獵人，因為眼前狂奔的猛獸而害怕。說故事的人拾起矛，奔跑跳躍，衝入黑暗中。最後，他跨步走向假想的獵物屍體，露出愉悅的笑容。

他的同伴們都群聚圍繞著火堆並且彼此相對微笑著。「那個傢伙的確講了個精彩的故事，對不對？」（記得：那時文法還未創造出來呢！）

當然，我們還不確定洞人是不是會說話，更遑論說他們會不會說故事了。但是研究者相信他們彼此間一定有某種溝通的能力。在法國的兩個洞穴中，「我們發現牆壁上到處都是野牛、馬這一類有蹄動物的圖像。在洞內，鼓掌拍手的聲音常常會在裡面迴盪並且產生一種像是群馬奔騰的聲音。然而，在洞穴的後面，我們可以發現豹及一些神秘動物的圖像，那裡的牆壁所產生的迴音卻是有點啞然的」。〈人類文明的曙光〉（The Dawn of Creativity）的作者威廉・歐曼（**William F. Allman**）曾這麼說（*U.S. News & World Report*, May 20, 1996）。當然，這些讓我們困惑的地方及牆上的圖畫就像是錄音機一樣，在過去的歲月中不斷清楚的透露出這樣的訊息：「從我們存在的這一刻開始，就有一種力量迫使我們訴說有關我們生命的故事。」

我們體認到的是：人類從在地球生命開始之初，就會以各種不同的形式去傾聽及錄下這些故事。在這個地球上不是只有人類會分享故事而已。傑佛瑞・馬森（**Jeffrey Moussaieff Mason**）及蘇珊・麥卡西（**Susan McCarthy**）在《大象悲鳴時》（*When Elephants Weep*）一書中提到，在座頭鯨的記錄中發現，牠們從這一年到下一年鳴唱的頻率幾乎都一樣。因此研究專家認為這些鯨類是有口述能力的。馬森及麥卡西於是這樣寫著：「或許牠們正在訴說牠們族群的歷史呢！」

因為人類亟欲知道有關其存在的事實，因此我的第一個故事是有關人類的宗教問題。西元前三千五百年，蘇美人的陶器告訴了我們有關伊寧女神（**Mother Goddess Innin**）之子潭牧斯（**Tammuz**）死亡的故事，然而在巴比倫的陶器上面我們卻看到了創世的故事，因此後來我們對於人類的過往也陷入了茫然的狀態。在西元前七百至西元前六百年之間，史詩的創始者，西西里的史特西柯羅斯（**Stesichorus**），將許多偉大事跡及故事以傳統的吟唱方式表現

出來。最後我們都對於這些教導我們如何生活的需求深感佩服。在史特西柯羅斯身後一百年，一位佛里幾亞（**Phrygian**）的奴隸伊索（**Aesop**）開始藉有趣的動物故事，傳達勸人向善的教化意義，稱為「寓言」。

說故事的目的主要是為了告知與娛樂。在羅馬時代，一些富豪會請歌妓到晚宴上唱歌或演奏樂器，並且說一些有關神明之間的情愛故事及事跡。

優秀故事演說者一定要能夠延續傳統說故事的講述及娛樂目的。但是如果一個故事演說者所表達的內容無法符合觀眾的需求時，那麼他也不算成功。

我們想到了有一種可以符合聽眾需求的方法，那就是現在到處都可以買得到的塔羅牌。在中世紀時，這種紙牌只有貴族才能使用，但是一些不識字的大眾很快就將這種紙牌運用在由宗教節慶衍生而出的故事當中，利用這些紙牌來輔助其記憶。因為這種紙牌輕巧便利而且非常便宜，因此它很快地成了中世紀有圖片的故事書。

在人類歷史當中，「故事」是當侵略者入侵並且試著要摧毀一種文化，一種保留文化的方式。一波波侵略者在愛爾蘭將其傳統文化毀滅。如果在當地看到有人穿著綠色的服裝或者以蓋爾（**Gaelic**）文字或語言來溝通時，一律被判處死刑。所以愛爾蘭人唯一一個可以將其文化保留下來的方法就是：說故事。小孩子會聚在路旁的樹叢當中學習到有關愛爾蘭歷史的故事及歌謠——這樣的聚會場地他們稱之為野外學校。至今，愛爾蘭人仍對於說故事有著極高的評價，有一個愛爾蘭商人如此說道：「在愛爾蘭，說故事就像是運動或是藝術這一類的形式一樣。」這樣的藝術形式他們還稱之沙拉金（**Shalagging**）。所謂沙拉金就是說故事者說一個故事愚弄不知情的聽眾。如果在故事結束之際，說故事者可以成功，那麼他就贏了。輸的一方有責任要講一個他自己的故事反愚弄贏的人。在這種愉快的氣氛下，一個個戲謔的故事就在輸的一方的口中往復出現。

在進入二十一世紀的時候，因為科技而改變了我們講故事的方式。電視機也從小螢幕的黑白電視變成彩色的大螢幕。收音機及音響也因為數位時代的來臨而改變，因此我們現在所聽到的聲音在透過數位裝置之後就像是原音重現一樣。經由電腦及其他的磁碟機等配備，讓我們可以改變螢幕上的故事並與之產生互動。透過耳機及影像可以讓外科醫生及飛行員做模擬的練習，而且一切都很逼真。來自全世界的故事都可以透過網站，很快地傳遞到我們手中。

然而，最有力的工具不僅容易取得而且大部分尚待開發。真正可以帶給我們快樂的故事是經由我們心靈所創作出來的。如果沒有經過我們大腦的詮釋，這世界上就沒有任何故事會存在。不管站在台上的裝置是電腦、電視或是個人，真正故事的產生還是透過我們腦中所傳

達出來的訊息。

記住故事在你生命中扮演的角色

在你的一生當中一定會被許許多多的故事所圍繞。或許你會想到童年的回憶，這時你腦海中可能出現了你坐在爸爸媽媽腿上，並且聽著「三隻小豬」及「三隻小熊」的故事。或許——當你正準備要上床睡覺的時候，你的褓姆也正告訴你有關「狼童」的故事呢！

在幼稚園的時候，我們常常會圍成一個圓圈聽老師唸著小鴨過波斯頓公園的故事。當你可以閱讀的時候，你就可以從書上選出一個很棒的故事，你會碰到戴帽子的小貓及帶著紫色蠟筆的哈洛德（**Harold**）。在教堂或寺廟的上主日學時會有「丹尼爾在獅子窟」的恐怖故事。在感恩節的時候，你們全家都吃得飽飽的時候，你會要求你的爺爺講一個有關「父親小時候在車庫放火的故事」等……。

故事的作用

在一堂訓練課程當中，演講者受到了聽眾的挑戰。「你怎麼可以浪費我們的時間呢？」他雙手交在胸前地咆哮著。「這些故事與我們今天所探討的主題有什麼關聯嗎？為什麼不直接了當的告訴我們，到底我們應該瞭解些什麼呢？」

這時候主講人決定要以投票的方式來確定是不是要再進行下去。「喜歡聽故事的人，請你們舉手。」這時教室內約有百分之九十五的人有了正面的回應。剩下的這一部分的人認為是不需要利用故事來進行演說的。葛倫皮先生（Mr. Grumpy）滑回到他的椅子上並且回到一種緊張的狀態……直到打掃教室的女工在休息的時間出現。

我們要怎樣才能分辨出演說者的演講內容是好是壞呢？那就是從故事來分別了。如果一個演講人不斷受邀出現在同樣的觀眾面前時，這時可能會有人問：「你會談到洗髮精的故事嗎？」接著可能又會有人問道：「是不是也有快遞司機的故事呢？」北美演講局（North American Speakers Bureau）的負責人布萊德・普蘭（Brad Plumb）曾經聽到會議的策劃人員在演講前輕聲交待演講者說：「不要忘了告訴他們有關的……故事。」

普蘭以為這個主講貴賓是受邀來為這些員工演講的，因為這名主辦人員「希望他們公司的同仁可以聽到主講人提到那個故事。這名主辦人員希望和所有同仁分享這個經驗」。丹・布羅斯（**Dan Burrus**）是一個科技的未來信徒，他解釋道：「我們擁有許多的資訊，但是我們所需要的是智慧。」故事將許多的資訊轉化為智慧，藉由故事的形式將我們所學的展現出來。

讓我們想一想應該如何來架構一個演講內容。你要的內容是有血有肉，並且有它自己的生命。所以從結構上而言，我們必須先從演講大綱著手。演講大綱的主要骨幹是所有在演講中所要涵蓋的重點。而主題部分就像是演講大綱的器官一樣。但是光有大綱還是不能開始演說，還要有一個完整的故事，像肌肉和軟骨一樣充填其餘的空間。至於將整個身體連結的肌膚像是演說本身。這層肌膚由演講者的肢體語言、遣詞用字及強調的重點所組成，它可以幫助我們從這個主題順利地轉換到下一個主題。

如果沒有故事，你這一堆骨幹哪兒也去不了，它們不過是一唯喀拉作響的枯骨而已。身體之美在於肌肉的動作，它可以帶我們四處移動。所以我們會記得第一次騎上腳踏車時，還有嬰兒的微笑及愛人溫暖的一吻。故事就像是動作和情感，以及所有值得回味的事情。

故事如何產生作用？

故事從人類創始就存在是有原因的。「我們因為故事所以可以瞭解到了所有人類的一切。」沙特（Jean-Paul Sartre）說。我們所討論的、所想的及所回憶的都來自於故事。以下是故事對我們產生的八大影響。

故事為我們的生活下註解

如果沒有故事，生命就只是一些零散的訊息而已。馬克斯・狄克森（Max Dixon）是一位演員及演說家，他解釋道：「訊息加情感等於回憶。」故事將這些訊息及情感做整合，讓我們可以將其意義化。

或許你遲到了，並正在向你的朋友道歉。你怎麼遲到了?你會告訴他（她）們你剛剛所發生的故事。或許是你出去的時候碰到朋友了，或是有什麼值得高興的事情發生，因為你想將這件事情和你這位朋友分享，所以講了這個故事。這個故事帶出了一些訊息並且給予了它一些意義。

雖然我們認為故事只是微不足道的小事，而且我們對於童年時期所喜歡的故事，細節也不是記得很清楚，但這些故事卻潛藏在我們的細胞當中，所以當這些老故事出現的時候，經常會引起我們身體的症狀。有一個婦女最近參加了第二十五屆的高中同學會，她告訴同學她身體上的反應，「我的胃開始抽痛而且全身緊張，但是很奇怪地，我記不得我為什麼會有這樣的症狀。很顯然地，我的身體有這樣的記憶，但是心裡卻無法連貫起來。」這對她而言真的是非常的震驚，沒想到這些故事已經沉澱得這麼深了！

故事讓我們認清自己，我們的生活品質也受到我們自己所述說的故事的影響。當人們從驚怕的事件中存活下來時，他們的身心會因為無法接受這樣的事實及傷痛而有所反應。這種不自主的、無法將過去傷痛排除的情形，我們稱之為「過往傷痛失調症」（**post traumatic stress disorder, PTSD**）。現在，我們運用了一種新的治療方式，稱之為「眼球運動的呆滯及再造」（**eye movement desensitization and reprocessing, EMDR**）。透過這樣的方法，經歷過傷痛的人可以重新體驗生命的故事並且對它產生新的詮釋。

因此，一些曾經遭到強暴的女性們可以脫離「我被侵犯，而且尊嚴盡失」的陰影，重新體認到事實上「他並未奪去我的生活，我充滿了勇氣」。

「眼球運動的呆滯及再造」有效的原因是：我們對於故事中的情節有一種想要安排它的

本能，而不是去漠視這個事實。在我們重新詮釋故事之後，我們對於過去痛苦的回憶也都能夠較為平靜看待。

事實上，大部分的受害者在重新訴說這些故事時都能控制得很好。南加大的心理學家雪莉・泰勒（Shelley Taylor）指出，一般而言，個人是否能控制這些痛苦事件，是個人能否從不幸事件中復原的主要因素。尊重這些故事的深刻程度，就能進入這些斷斷續續的回憶中並且重新修補它。

在生命的每一個階段當中，我們都可以從正面有利之處來看。莎朗・鮑曼（Sharon Bowman）是一位優秀訓練師及成人學習專家，他說：「我們的腦子只活在現代。發生在我們身邊的任何事或是我們認為會發生的事情——都是發生在現在。」當我們在重新編撰故事的時候，我們也藉此現改變了現在式。這些新的有利點會出現在我們的故事當中，而故事則成為我們自己。總而言之，如果你不是你自己所說故事的總合，那麼你究竟是誰？

故事築成我們的世界

我們人類的腦中常常會尋找某種固定的模式。在我們聽爵士樂時，你可能會驚覺自己竟然有這麼驚人的能力去尋找音樂的軌跡，不管這個音樂家如何演奏這些音樂。從我們文化深

度的信仰來看，故事是由所有複雜的訊息、抽象的概念及道德的判斷所交織出來的。

在《告訴我一個故事》（*Tell Me a Story*）一書中，人工智慧專家羅傑・尚克（**Roger C. Schank**）說：「人們都有說話的必要，說一些他們生活上所發生的事情，同時他們也需要聽一聽別人發生了什麼事，特別是那些他們所關心的人以及和聽眾有共同經驗的時候。」

我們還可以將人腦當成電腦，來思考這些故事及其中的角色。當我們把資料存在電腦當中時，我們會為這個檔案取一個檔名，以備日後所需。故事也是我們儲備資料作為以後使用之用的一種方式。

故事可以讓我們學習

根據諾瑪・李玻（Norma J. Livo）及珊卓・瑞智（Sandra A. Rietz）的《說故事的過程與練習》（*Storytelling: Process & Practice*）一書，我們知道故事可以讓我們免於重蹈覆轍。他們又繼續解釋道：「我們可以在文學中學到發生在故事中或現實生活中的真實之苦，而不用親自去經歷一番。」

雖然我們這輩子只能活一次，但是透過這些神奇的故事，我們可以擁有上千種不同的命運及結局。我們可以想像自己被大火嚴重燒傷以致半身不遂，就像是密歇爾（W. Mitchell）

。我們也可以想像自己正面臨三十一歲妻子因肝癌而逝的情景，就如亞倫・克連（Allen Klein）。我們更可以將自己想像成一位小鎮足球教練正含辛茹苦地扶養他愚笨的兒子長大，就像葛萊帝・羅賓森一樣（Grady Jim Robinson）。

在我們分享了他們的故事之後，我們會對我們的生命有了新的看法。從密歇爾的故事當中，我們學習到如何處理生命中的逆境及打擊。密歇爾從未有不好的日子。他是有不好的時刻，但沒有有不好的日子。他問自己要如何調適自己的心情並且對自己的情感負責任。對於亞倫的真知灼見，我們學到了：「如果鳥兒從你頭上飛過的話，你是無法停止牠的悲傷的，除非你在你的頭髮上為牠築一個巢。」就像是羅賓森告訴我們有關手足相爭的痛苦故事一樣，我們也可以在故事中看到這位母親的智慧。她鼓勵兒子不要再跟他的兄弟比較，而應該專注自己在不同領域中的天分。

不管在生命當中發生了什麼事情，我們都有不同的選擇。這些指引我們方向的人，也就是這些述說自己故事的人，都幫助我們看到了更多的選擇，在閱覽過別人的生命之後，我們又有了新的體驗。就如羅賓森這位說故事高手及賢者所說的：「你不可以將你生命中最精彩豐富的部分略掉，而不與你的聽眾分享。」

故事幫助我們留下過往的事情

每次我們在說故事時，總會激起我們許多的回憶。故事中的人物對於我們或者聽眾而言，好像又復活了。北美演講局的負責人布萊德・普蘭經常告訴他的兒子大衛自己小時候躲在床底下點煙火的事情。因為床著火，因此他的計畫也告失敗。他被熊熊的煙火嚇得動都不敢動一下。布萊德的媽媽聞到煙味時衝到房間來，她趕忙地將彈簧墊等挪開讓布萊德可以逃出來。在火熄了之後，體重僅有九十五磅的布萊德太太協同她兩個大兒子將這些彈簧墊又搬回原來的地方。

大衛・普蘭說：「在這個故事中，奶奶的表現就像是女超人一樣。」她可以滿足普蘭家人的所有需求。對布萊德而言，這個故事中讓他在心底有這樣的印象：那就是一個女人因為母愛的驅使，讓她表現出超乎平常所能負荷的力量。對大衛而言，這個故事讓他心中將父親想像成一位頑皮的小孩，而奶奶則是這一家的女英雄。

布萊德將這個故事告訴他的兒子，藉此將這個家庭的寶貴回憶流傳下來。每次我們講到和我們有關的故事時，就彷彿將我們生命中的經驗擦拭得像家裡的銀器一般擦光潔如新。

故事紓發心靈同時達到娛樂效果

美國有許多高所得的人都是娛樂專家。當我們在娛樂時，日常生活的煩悶憂慮至少會暫時消除一會兒。一般而言，娛樂可以分成被動及主動這兩種類型。電視就是觀看電視之人的一種被動性的參與。觀眾只要坐在電視機前面，然後故事的情節就會在這些觀眾的面前開展了。

相反地，閱讀、玩樂器及說故事等活動就需要我們主動的參與。當我們從事這些活動時，我們必須將大腦的狀態設定在「開啟」的情況之下。就像是我們的肌肉一樣，如果長期沒有運用它，那麼它的功能就會減弱了。所以當我們在進行上述活動時，就必須將我們的腦力專注的投入，以處理相關資訊。因此，在聽故事的時候，我們就需要運用我們的大腦來將所描述的故事情景架構起來，並且將這些景象及角色邀請到你自己所想像的舞台上。現在，雖然你架構成的故事可能會跟我的不同，但是它對於個人而言非常有意義而且與你有關的。

李玻及瑞智解釋說，因為所有的故事都遵循以往的架構，因此聽眾可以認出故事的結構。因為這樣的結構是演說者及聽眾都很熟悉的，因此「聽眾可以在演說的過程當中預期並直接參與到故事的發展」。因此我們可以瞧見聽眾交頭接耳的說出一些如劇情發展的妙語，

雖然這些故事對他們而言可能是新的。對於聽眾這樣的表現，我們可以解釋說：這些聽眾都非常積極的參與並且希望能夠預測出結局。

故事啟發我們的創造力

席拉・葛拉卓夫（Sheila Glazov）是一位創造力專家，同時也是《莎娜公主看不見的有形禮物》（*Princess Shayna's Invisible Visible Gift*）一書的作者。她告訴我們：「童話都是想像的，富有創造力和好奇心的人永遠童心未泯。你注意聽聽小孩所講的故事，你會發現他們所說的故事都非常的有趣及富有想像力。」我們在孩提時，我們的心是不會被「不可能」這個字所羈絆的。因為大部分的故事都是從不可能當中創造出來的。我們的心也因此會有許許多多的衝擊。

在《聾啞之音》（*Tone Deaf and All Thumbs*）一書當中，福蘭克・威爾森（**Frank R. Wilson**）說：「一個創造性的活動當中必定融入有見地的溝通行為，因為人們在感動、瞭解、比較及反應之後，決定讓其他人也分享這樣的經驗。」

在我們講故事時，上述行為都會發生。說故事者本身被感動了——而聽眾也被感動了。透過生動的言語表達，我們彷彿「身歷其境」。我們都會將生活上的資訊及親身的生活經驗來和故事做一比較，然後對我們所聽到的做出反應。

故事讓人際關係更親近

如吉姆・哈瑞森（**Jim Harrison**）在《不見的傳奇故事》（*The Legends of the Fall*）一書中所言：「我們彼此之間是那麼的難以想像。」我們每個人都有不同的生命及不同的軀殼。但是在深究之下，我們發現我們都渴望解除這種寂寞的感覺。因為我們都希望能夠與他人有所關聯、希望瞭解別人，也希望被瞭解，因此我們可能會在飛機上和別人分享我們生命的故事。

在「星際爭霸戰」（**Star Trek**）中，有一集有關外星人的劇情，這個外星人只是純粹的能量，不見任何形體。在節目的最後一幕，沃肯（**Vulcan**）科學警員史巴克（**Mr. Spock**）讓這個外星人進入他的身體，讓他體驗當人類的感覺。外星人驚愕的看著自己的身體，並且看著環繞在他身邊的所有人，最後他發現每一個個體都是這麼的孤獨。而我們自己也是一樣。

我不認識你，而你也不認識我。但是如果我將自己的故事和你分享的話，我們就能彼此更加瞭解。當我們將我們自己的經驗及生命的故事說出來時，我們就已經將自己生活的經驗和別人分享了。當我們這樣想時，會發現每一位藝術家的目標不就是提供他自己對生命的一種看法嗎？

在述說自己的故事的時候，我們會讓自己在大眾面前顯得更加真實、更人性，也更加敏感。羅賓森解釋道：「你的每一位聽眾都藉由一種集體無識而相互產生關聯，同時也將你和聽眾連結在一起。」這種集體無意識是以一種神秘的方式連結你我，所以一個有效率的演說家可以將故事擴大到超越地理、文化、社會、性別及語言的主題上。

故事幫助我們培養幽默感

《說故事的藝術》（*The Art of the Story-Teller*）的作者瑪麗・雪拉克（Marie L. Shedlock）說：「故事可以幫助孩子培養幽默感，這樣的說法是有理可循的。」

故事除了可以幫助我們從另外一個觀點來看待我們的生命之外，更幫助我們將生命置於一個更好的遠景。就如史帝夫・亞倫（Steve Allen）在《如何讓事情變得有趣》（*How to Be Funny*）一書中說：「給你自己一點時間讓傷痛平息，因為這些可怕的經歷常常是我們笑話或是故事的根源。」葛萊帝・羅賓森解釋，幽默是痛苦的一體兩面，「幽默在我們樂觀的時候才會出現。聽眾不但將你視為受害者，更是一位勝利者，因為你就站在那兒一面微笑一面訴說這個故事」。我們在看到這些事情發生在別人身上時，我們對於自己的生命也能有更長遠的眼光。

摘要

當人類出現在這個地球之際，故事就已經產生了。故事有八大功能：

1. 故事為我們的生活做註解。
2. 故事築成我們的世界。
3. 故事可以讓我們學習。
4. 故事幫助我們留下過往的事情。
5. 故事紓發心靈，同時達到娛樂效果。
6. 故事啟發我們的創造力。
7. 故事讓人際的關係更親近。
8. 故事幫助我們培養幽默感。

練習

1. 找一天，做個故事偵探。聽一聽你身邊的故事，並寫下講故事者及聽故事者的背景。
2. 回憶你的童年時代，找出你最喜歡的故事。你喜歡這些故事的哪些事？你最喜歡的部分是什麼？你第一次聽到這個故事是什麼時候？
3. 找一個完全符合故事的八大功能的故事。
4. 假裝你是一個洞人。寫下一個有關你生活的故事，並將這個故事告訴別人。
5. 說一個你所聽過，並且讓你的生命有意義的故事。

故事如何影響聽眾

在我追求啓發的過程當中，我又重新將神話故事仔細讀了一遍。

——Rollo May, *The Courage to Create*

說故事真的是很有用，因為我們每一個人都有童稚之心，都在等待一個很精彩的故事。

——Bertram Minkin, quoted in the *St. Louis Post-Dispatch*

說故事是人類文化的一部分——人們在情感上總是有需要參與故事中的情節，因此演員在社會當中扮演著非常重要的角色。但是不可以忘記的是：聽眾才是這些過程的核心。

——Marlon Brando, *Brando: Songs My Mother Taught Me*

故事與專業演說家

所謂專業演說家，就是將其智慧及看法透過演說與他人分享，並賴以為生的人。專業演說家與只是為了將商品銷售出去而提供資訊的業務人員不同。專業演說家可能全職在演說的工作上，也可能除了演講之外還有其他的工作，甚至可能將演說工作擴及顧問、寫作及銷售相關商品等領域。

訓練師也是專業的演說家，他們的職責和老師很像。一般人聘請訓練師的目的是希望將某種特殊技術轉移或是希望能得到很好的互動關係。一般而言，訓練師及演說家不會像老師一樣對聽眾進行評估的動作。對我們來說，「演說家」及「表演者」這兩個名詞是可以互換的。

表演者的兩種典型

這是一個演講廳。演講人走到講台前，調整了一下麥克風並且開始講話。當他提到今年關於果蠅眼睛構造的新發現時，你會記下一點筆記。

這裡是一個晚宴廳。一位表演者走到講台前面說了一個又一個讓人笑破肚皮的笑話。你可能會寫下幾句如珠的妙語，隔天到辦公室與同事分享。

你可能會覺得這兩種情形有點不同。第一種情形是要動到掌管邏輯的左腦。表演家的風格並不如演講的內容來的重要。因此，這種演說是內容的推動，將資訊分享出去才是最後的目標。

第二種情形就要使用到右腦了，也就是你腦中掌管情感的部分。表演者所說的內容並不重要，重要的是傳遞訊息的方式。因此這種表演的方式是一種情感的推動，娛樂觀眾是其主要目的。

當然，現今世界也有將這兩種方式結合在一起表演的。以後者來說，我們就必須在演說的過程當中加入更多的內容。我們現在是活在一個五光十色的絢爛世界中，有越來越多的電視頻道可以選擇，在電腦螢幕上也可看到高品質的圖片，價格越來越便宜的全彩印刷，因此一般聽眾會期待更多的娛樂方式。

在最近的一個會議上，一位以探討女性主題聞名的專家做了一場演講。她本身並不特別，聲音也不悅耳，但是她在她工作的領域上是一位家喻戶曉的專家，在這個領域裡，沒有人懂得比她多。在這場會議的另一個教室內，另一位女士講了同樣的一個主題。這第二位女

性演說家並沒有提到任何與此研究有關的統計調查，但是她談到了與男女之間有關的有趣故事。會後會議的企劃人員針對這兩場演講做統計，他很驚訝的發現，聽眾認為這位專家的演講是「無趣的」，而另一位有趣的演說者被評為「非常棒」。會議企劃人員說：「從這裡我們可以看到，演說的方式是最重要的。」

說真的，在某些情況下，演講內容可能比方法還重要。例如：對一個被請來教新的電腦語言的程式設計師來說，聽眾所要聽的就不是故事了，而是新的資訊。如果這個程式設計人員談到某個女人將滑鼠當成是以前裁縫機的踏板一樣來使用的軼事，那也無妨。但是在這樣的情形當中，任何幽默風趣的故事都可以說是多出來的，並不是這些聽眾所期待的。

假如你具備某種專門知識，你要記得：如果大家只是想要瞭解內容的話，那麼他們只要去買一本書就可以了。但是如果他們邀請了你，那表示他們希望能有一種與人接觸的感覺。還有一個因，使「書上的報告」無法成為好的演講。「會議專家」林納・海爾默（**Lynne Hellmer**）說，「你所說的統計及事實只能代表它是有出處的。」除了舉辦這個兩年一度的女性會議之外，海爾默也負責伊利諾州立大學的在職訓練課程。「以你個人的生活為基礎的故事則否。」

海爾默發現當她將這些訓練師帶到這一個以研究為主的大學時，他們所得到的評價是很低的。因為這些訓練師將一些雜亂的研究及故事穿插在演講當中，所以降低了他們的評價。請記得，這是在大學裡面呢！不管學校的學術優點為何，這些聽眾主要是以研究為生的。然而在學習的過程當中，他們最喜歡的還是——故事。

在演講的領域當中也有派系之別，有人支持以演說的內容為主，也有人覺得可以出點錯來製造效果。「聽眾要的是新鮮的、最新的資料及新近的研究，」其中一派如是說，「而故事及幽默都是一些無聊的東西而已。」葛萊帝・羅賓森同意這樣的論點，並說道：

> 我認為演講中最重要的內容，莫過於反應人類共同潛意識的有關資料。除了個人所發生的故事可以協助聽眾之外，就如會議企劃人員所說的，聽眾所吸收到的內容：包括資料、數字、學習及研究等才是真正的重點。

因此，最令人折服的演說家是可以同時滿足聽眾這兩部分的需求：實質的內容及看似無用的插曲。珍妮・羅伯森（Jeanne Robertson）解釋說：「你可能會在演說中加入了故事、幽默、詩或音樂等。但是如何區別一位專業演說家或是非專業演說家的關鍵，在於他是不是會在演說中犯錯。」最值得回憶及最有用的演說是：其內容可以刺激我們左右腦——也就是邏

輯的思考及情感的體驗。故事的表達還是需要透過情感的。利用這兩種方法讓聽眾可以得到他們想要的資料，也可以讓他們記憶常存（圖2.1）。

圖2.1 大腦的左右兩邊及其負責的部分

左　腦	右　腦
・實質內容	・情感
・主要的部分	・次要的部分
・語言	・傳遞的方式
・意識的	・無意識的
・線型的過程	・整體的過程

為什麼專業的演說家要運用故事呢？

一般演說家在演講當中運用故事的原因有很多。以下就分別加以說明。

故事讓聽眾用心傾聽

如瑪琪．貝卓珊（Maggie Bedrosian）在《說得像專家一樣》（*Speak Like a Pro*）一書中所說的：「一般人都比較能夠聽故事——特別是故事情節具體並且深富情感的。」聽眾一生都和故事脫不了關係。

在最近的一場會議當中，有一位女性演說家談到一個改變她生命的故事。經過長期的頹喪，她正努力地克服心中的無力感。事件發生前，她找到一個可以吸引她的興趣。她詳細的描述了她生命中的新樂趣，有技巧地讓聽眾預知她的快樂只是一時的。這時所有的人安靜地坐著，不敢有任何表情，急著想知道她下面要說的話。接著她才說出了她生命中的重大打擊：宣佈她另一半死亡的敲門聲。

縱使是站在教室的後面，也可以感受到她對於聽眾的影響力。所有的聽眾都跌回了座位，好像是害怕地板上的活板門已經開了一樣。主講者對於自己事件的探討，已經讓這些聽眾也產生了情感上的危機。

幸好我們並不需要討論生死有關的故事來吸引聽眾的注意。我們所說的故事並不一定要有這麼嚇人的結果出現，但是你可以掌握說故事的藝術來達到最好的結果。

故事提供娛樂效果

人們都喜歡快樂的時光，這也是為什麼我們付給表演人員的費用要比教育家來得多的原因。事實上，我們可以想一想，如果美國的製造業產品出口跟娛樂事業一樣的話，我們的經濟可以有多少的成長。

自從有線電視發明之後，我們對於節目的選擇可以說是多得無法數。我們可以連座位都不用挪動就看盡各台，所以各節目之間就必須提高它的娛樂水準以吸引觀眾的注意。說真的，現在的演說家至少要能進入聽眾的無意識中，不只是要和電視、電影比較，更要和影碟、電腦動畫及CD-ROM來比較。

演說者如果不在演講當中說故事的話，就很難娛樂聽眾。縱使說你是在表演樂器、變魔術或是唱歌，如果你不說故事的話，你要如何將一個小時的表演時間補滿呢！

在《美國賀瑞塔基字典》（*American Heritage Dictionary*）當中，它將「娛樂」這個字定義為：「一致性的消遣及有趣的事。」在當今快速的發展步調及工作壓力之下，一般聽眾需要在演講過程當中有些樂趣存在。否則，演說者所要帶來的訊息就沒有人聽得下去了。

故事可以調整演講的步調

根據專家的調查顯示，一般聽眾可以忍受的演講長度是二十分鐘左右，除非你在過程當中調整你的速度。說故事是我們要改變演講步調時最有效的方法。如果你的演講內容不超過二十分鐘，而你又能在演講當中變換一些新鮮的東西，那麼保證這樣一定可以提高聽眾的參與度及興趣。

在你規劃一個生動的演說之時，一定會希望將你的感情融入在你的故事當中，以達到最大的效果。但是如果你在故事中反覆運用同樣的情感的話，觀眾會覺得那和電視上的試音效果一樣單調。戲劇大師常常會在戲劇中加入幽默的效果，這可以讓觀眾有機會從強烈的感情中跳出來。否則，這些聽眾將會負荷過重並且很快就麻木了：這樣將會使得觀眾寧願選擇不要再聽下去，也不要再忍受這樣的痛苦。

故事會帶給我們教訓，而不是在說教

最近，專業的講師人愈來愈多。許多機關都聘請他們來「解決問題」。就像一些常發生在個人身上的事情，許多機構常常會否認那些困擾他們的問題，並抨擊那些太過注意問題所在的人。於這些被聘請來的槍手常常需要面對另一個步隊的槍林彈雨，因此也無法快樂起來。

聰明的演說家能創造出一個安全的空間，讓人們發現他們自己的問題，並且協助他們找出這些問題的解決方法。

帶給聽眾一種發現的樂趣，這對於演說者或是聽眾都是一種獎賞。從講台上，沒有任何事會比看到聽眾獲得新知識、帶著愉悅的臉要來的甜蜜。因為聽眾將這場演講當成是他們的自我發現之旅，而他們所獲得的智慧也都是屬於他們自己的。個人的認知融合了熱情，產生他們改變時的強大動力。

例如：你可以告訴你的聽眾，多挪出時間陪陪小孩是很重要的。你甚至還可以提出這樣的統計數字：在美國，一般的父母一天當中僅能撥出十三分鐘左右的時間，來和孩子單獨相處。或者你可以說一個像我所說的故事。

我在半夜被電話聲音所吵醒。是我爸爸打來的——這一點都不值得驚訝。我已經習慣了他在喝醉酒的時候打電話來給我。

「寶貝——寶貝——我做了一個夢……」

「爸爸，是什麼樣的夢呢？」

「我夢見了妳和妳妹妹小的時候。妳穿著有流蘇的粉紅色洋裝……妳腳上穿著有蕾絲的襪子……而你的鞋子，你的鞋子是黑色有條紋的這一雙——妳記得嗎？寶貝——記得嗎？」

「爸爸，我記得。」

「你向我跑過來，我要去抱妳，但是當我正想要伸出手來抱妳時，妳又從我手中溜走了——然後，然候，妳就走了。」他在電話的那頭啜泣著。「寶貝，妳覺得這是什麼意思？或是這可能是什麼意思？」

「爸爸，這可能表示你懷念過去吧。」

現在，你們告訴我，用哪一種方式來傳遞「多花一些時間和你的孩子相處」這個訊息，會更有效？你會記得哪一件事？

故事讓我們產生一種強烈比較的心。說真的，只有少數的聽眾不會有這樣的心。如果故事經過我們巧妙安排之後，有許多的聽眾就可以獲得並且一直依循著。

故事將主講者和聽眾結合在一起

下次你看電影的時候，就可以當一個業餘的社會學家。當你走進戲院的時候，你會發現走進戲院的人幾乎不可能彼此交談，更不用說會為彼此開個門了。但是在電影散場之後，這些電影迷就會開始交談，而且他們之間也會彼此為對方理一理外套或者幫忙開個門等等。到底發生了什麼事情了呢？

這一群人結合在一起了。

當我們和一群陌生人分享我們生活上的故事時，他們有共同的經驗：那就是故事。對於演說者更重要的是：因為他所說的故事及他所表達的方式，這一群人瞭解了這位演說者是怎樣一個人。

當故事和所有的人連結在一起的時候，所有的聽眾又分享了一種新的感受。在說這個故事之前，所有的人都沒有所謂的共同點，而現在，他們認識到了同樣的人物，得到同樣的感覺，並且有同樣的結論。好的演說家可以將原本很有距離的人們拉近，並且織成一張連結性很強的網。

除了聽眾之間的連結性之外，在觀眾接受主講者的邀請前往聽講的那一刻，就已經將他們和主講者聯繫在一起了。《我寧願死也不要演講》（*I'd Rather Die Than Give a Speech*）一書的作者麥克．克拉伯（Michael Klepper）曾說：「你投入越多在你的演講當中，你的心就會跟這個演講越接近，而你的聽眾也越會感受到你的投入。」在我們說故事的當時，我們已將我們的生命及生活體驗都融入進來和所有的觀眾分享。如葛萊帝．羅賓森所說：「因為各種不同的故事讓我們體會到了人類的一切……」

相反地，竊取他人的資料並不會有多費事，但是不要以為你可以天衣無縫。你的聽眾可能不會察覺到你竊取了什麼資料，但是你自己會因為內容缺乏可信性而在聲音及肢體語言當中表露無遺。

故事讓我們知道自己的角色

這個世界是由人所組成的，我們每一個人都會對別人好奇並且會想與他們接觸。我們從每天的新聞事件當中會發現這樣的故事：有人因為車子被其他的人擋住而生氣。這個人可能會從位子下面掏出一把槍朝對方頭部射擊。人與人之間成了陌生人，因此我們對別人也沒有任何的責任。我們可能會覺得這個人對我的生命沒有任何意義，然後就很容易因為心中小小的不快而意圖以殺害別人來消除心中的怒氣。

瓊恩・布洛伊山柯（Joan Borysenko）在專業會議演講協會（Professional Convention Management Association）的一場演講中談到：

> 我們的世界已經失去太多原本該有的美好事物，例如：說故事、接納他人、賦予春夏秋冬不同的季節意義、圍著爐火分享心情……。人們，尤其是美國人，更是感到前所未有的孤獨。就是這種孤單、隔離與缺乏人生意義的感覺，壓得人們喘不過氣來。

故事將我們彼此的生命融合在一起。當你願意將你的故事和我分享時，我們彼此之間就已經不陌生了。當我在講台上分享我的故事時，我只是在提醒你，我們之間是一樣的。在這樣簡單的方式之下，我們又有了人的共同感覺。透過故事，讓演講者與聽眾之間的距離縮短了許多。

故事可以增強我們的記憶

「那麼，請告訴我去年的主講貴賓是誰。」主講人對會議委員會的成員及會議企劃人員提出這樣的問題。

每一個委員都認為去年的主講貴賓非常的棒，但是卻沒有人記得這位演講者的姓名。最後，為了彌補因為忘了這位主講者姓名的尷尬，其中一位委員憶起了，去年的主講者講到她兒子及一塊餅乾的有趣故事。

去年的主講人一定是：凱玲・布克斯曼（**Karyn Buxman**）。

當你在故事中談到你所發生的一些事情時，你的名字也會與這個故事結合在一起。在很久以後，聽眾有可能會忘記我們的名字，但是他一定還會記得我們的故事；他也有可能會忘記這場演講的重點是什麼，但是他還是會記得這些故事。那是我們必須要知道的：聽眾是記得故事的。

為什麼故事對專業的演說家而言非常重要？

會議企劃高手林納．海爾默曾直接觀察到故事帶給觀眾的影響。海爾默為伊利諾大學安排了職業婦女雙年會，這是當地這類型會議中最大的一場。她仔細觀察了觀眾之後發現，旁觀者可以從觀眾肢體語言的改變，知道故事於何時開始，「那就是觀眾身體放鬆，眼神發亮的時候。」海爾默說。

故事可以帶我們回到童年對於事情的接受能力較高的狀態，我們稱之為「神聖的空間」。這個空間存在於心及腦的連接處。演說者帶領聽眾進入這個神聖的空間，和所有的聽眾分享他內心最深的故事。我們可以在一點都不隱瞞的情形下和所有的聽眾分享，而聽眾也知道是怎麼回事。

一般聽眾在聽故事的時候不會特別的挑剔。因為這樣可以終止這些犬儒主義並且讓故事進入其意識中。一個有趣的轉換發生了：這些故事不再屬於主講人，它已經變成聽眾的資產了。我們心中也無法分辨出哪些事情是真實的，而哪些事情是想像的。如果我告訴你我正在嚐一個多汁的黃檸檬，因為太酸，讓我的嘴都皺起來了，你的口中就會開始分泌唾液。因此在我們將故事與聽眾分享時，我們已經將生命和他們融合在一起了。

總而言之，最好的演說家一定是最好的說故事者。最好的演說家能娛樂他的聽眾，邀請他們到一個新的世界，在這個世界中將有一些新觀念被檢驗、證明，最後為大家所接受。演說的內容是嚴肅或幽默無關緊要，但你傳達的訊息會因為故事而產生加乘效果，因為故事可以幫助你達到最深層的瞭解層次。

故事因為提供了連絡資訊的具體內容，因此可以支持我們的論點。如果沒有這些內容，這些資訊只不過是一堆零散的資料而已。如果有人告訴你「六十三、一百一十八、四十三」這樣的數字，那麼你一定不會瞭解這些數據是從哪裡來的——一直到我們將實際的內容提出來為止。當這些專業的演說者將資料及內容都談到時，那麼聽眾就可以馬上瞭解到他所說的部分。在《告訴我一個故事》一書當中，羅傑．桑克說：「基本上說故事及瞭解是同樣的一件事。」

一般人都會將他們過往的經歷和現在所獲得的資料結合。《說話》（*The Talk Book*）的作者傑羅德．古德曼（**Gerald R. Goodman**）將這樣的現象解釋為「建立彼此之間長期合作或關係的基礎」。當演說者講了一個與觀眾有關的演說內容，觀眾就會將這個故事和他們個人的經驗相配合，如果經驗吻合，聽眾會很快地在腦中搜尋他們的故事貯藏庫，找出相似的故事來。

我們每個人將故事歸檔的方式都不同。例如：當我們聽到「男孩與狗」的故事時，她可能會將這個故事歸納為有關「男孩」的故事，而你卻可能將之歸納為「狗」的故事。如果我們在越多的地方發現類似的故事，那麼這個故事就越容易被記住——因為我們會將這個新的故事和我們之前已經聽到的故事歸類在一起。所以光是一個故事，聽眾就可選擇用「小狗」、「男孩」、「夏天」、「印第安」、「假期」或「跳蚤」來歸類。如桑克先生所說的：「……思考與歸納的方式有關……對於一個情境，如果我們可以提供更多的資訊，那麼就有更多的方法可以和我們記憶中的其他故事做比較。因此，一個故事如果它的索引方式越多的話，那麼它就越有用。」

專業演說家如何運用故事？

我們會從專業的演說家身上所聽到一些故事，如果這些故事本身是真實的、有趣的及深思熟慮的話，那麼它必然可以經得起時間的考驗。現在，你不會聽到一些精靈、龍等神話故事，你在這裡會聽到的是一些有關有規律、有勇氣又有決心的成功人士的事蹟。現在有許多生活上的故事也非常值得珍惜，因為它們提醒了我們在這個紛擾的世界中，我們並不孤獨。但是我們只是這大千世界中的一個小小分子，我們每天有千千萬萬的事情要去執行、要去嘗試，或者也要面臨千萬的失敗。

現代專業的演說家完全可以取代我們那個時代的說故事者及神祕家。專業演說家所談的內容是由文化以及多年的經驗累積出來的，雖然他們也會從一些古老的故事中取材（有關這一點稍後我們稍後再討論），但是大部分的演說家主要還是依賴各種真實的趣聞或個人的軼事。為了簡潔起見，我們將這兩類型的內容也統稱為「故事」。

故事可能是沈痛的、幽默的、見識非凡的，或三者兼具。有關「幽默」這個課題我們會在第九章、第十章及第十一章再做討論。各位要知道，對於一個專業的演說家，任何故事當中都有「幽默」的存在。就像羅賓森所說的：「對於一個專業演說家來說，幽默及說故事的能力是密不可分的。」

一般而言，演說家會以三種不同的方式來表達這些故事。以下我們將針對這三種方式來做介紹。

演說本身就是故事

這種情形是，演說者的整體呈現方式就像一則故事，這樣的表演方式顯然是經過計畫並寫好腳本的。如果你在不同的地方聽到同一個演說者談論同樣的主題，你會發現基本上這樣的演講內容幾乎是隻字不變的。雖然在這個過程當中，可能會有一些小小的不同，但是其前提、轉接處及所有的故事及要點很少會遺漏掉。

要準備這樣的演講，演說者可能要一個字一個字的把內容寫下，並背誦起來。這種方式最大的挑戰就是：講師除了要句句斟酌及排練之外，就是必須要表現得很自然。

這樣的演說方式最大的好處是可以表演得非常完美，並且可以降低演出的風險。因為可以針對腳本不斷地練習，所以演講者幾乎不會產生雜亂無章、語無倫次的風險。這樣的方式也最讓會議企劃人員放心，因為他們知道他們請來的演講者經過無數次練習，必然具備一定的品質。但是反過來說，這樣的演說方式可能流於僵化及呆板，因為這樣的演講方式像一場表演，觀眾可能會選擇繼續參與或是離開。而且因為這樣的演講是事先就已緊密排練好的，所以一個小小疏失可能就是一個很大的致命傷。例如：當聽眾對於演講者有任何不滿意的地方時，演講者幾乎無法採取補救措施——因為演講者和講稿是連成一氣的。哪些事會引起麻煩呢？例如：火警、年度的災害報告、聽眾臨時發問，甚至是過度的酒精，都可能造成原本計畫好的演講一敗塗地。

這是發生在一位演說家身上的故事，他受邀參加一場晚宴，並向在場的一群建商演講。當天晚上下起了傾盆大雨，直覺上讓人想到尼加拉大瀑布。這些建商一個接一個地從門穿過，濺起了一些水花。他們又濕又累又餓的走到這個當地木材場所提供的宴會場所。因為下大雨，使得宴會延後一個小時才開始（記住，這是個不好的徵兆。如果這樣的事情發生在你身上，開始擔心吧）。贊助人好心地宣布今天的宴會場地將整夜開放。最後每個人都安頓就緒坐下來晚餐了。這時講師也和坐在她左手邊的一位男士握手問好，這位男士微笑的說：「你好，我是今天晚上的來賓演說者。」（這是第二個不好的徵兆。這時，你應該到房間好好確認你的合約內容。）結果，這位男士是從商業司來的，並且應大家的要求說幾句話。他站了起來並且說，目前商業司非常擔心這個城市的基礎建設。當主講人正在思考「基礎建設」是什麼意思的時候，這位司長解釋說：「例如，我在晚餐時接到一通電話。城裡有兩個地區正被大水所困。」

現在，這一群聽眾還會想要聽原本所安排的演講課程嗎？答案是否定的！因為他們都想要知道他們的建築工地是不是也淹水了。這些人都跑去打電話。在聽完最糟的消息之後，他

們都樂觀的聳聳肩，點了更多的啤酒並互相道賀。

這時候這位與主辦單位簽約，事先安排的主講人被介紹出場，但是台下有一半的人正往外離開，而另外一半的人心不焉。事實上，這時唯一兩個心情沉重的人就是演講的主辦者及主講人。（這是第三個不好的徵兆。但是千萬記住，既然合約都已經簽定了，那麼如果客戶說：「我還是希望你能夠進行演講。」那麼主講人還是要講的。）

故事對演講者只是信手拈來的事

這樣的演講方式，演講者就必須以一種對話的方式和觀眾產生互動。在這種情況之下，似乎會提到一些可以支持其想法的故事。

這種類型的演講要比預先演練的演講風險高許多。通常這一類型的演說人對於他們要講的內容已經有整體的概念，他只要找到一個引子就可以了。有一位演講者跟我說：「我在大腦中放了一個檔案。常常在演講時才知道要談些什麼。當我扮演講者的身分時，我只要把這個檔案打開，然後把我所想要的東西掏出來。」

這樣的方式看似非常的自然，但是請注意：這一類型的演講者之前的演講經驗一定非常的豐富，並且也講過這類的故事。然而，這種演講會因為主講人的心情及場地的不同，而產生很大的變數。

一般的會議籌辦人都非常喜歡這一類的演說方式，因為這樣的演說比較自然，而且較沒有台上台下的分別。如果順利的話，這樣的演說會比較溫馨，而且比較引人入勝。從另一方面來看，許多演講者還是喜歡這樣的風險。你或許會有一會兒的空白片段，或許會講錯故事，也或許估算錯時間，但是為了應付這些問題，有些主講者會利用一些事先準備好的投影片來幫他們進行演說並舉述一些故事，也會利用不顯眼的時鐘、口袋型振動計時器等來計算出時間，以控制說故事時間的長短。

以傳統說故事的方式來講故事

這是一種綜合式的說故事方式。演說者說故事的方式是和「在戒指上鑲上寶石」的方式不同的。當演講者搖身變為一個說故事者時，觀眾可以馬上察覺到。聽眾剛開始可能會遲疑一會兒，然後就會像小孩子一樣乖乖地聽這個故事。他們之間有一個未言在先的協定：那就是「我在說故事時，你們一定要用心的聽」。這一部分的呈現可能獨立存在，或者這個故事可能會是其他故事的結果。通常在講完故事之後，主講人會和觀眾一起探討這個故事的重要性及意義。

演講的其餘部分可能會以對話或是指導的方式進行，通常主講人會邀請觀眾一起參與這樣的討論並且共享故事的真意。

還有另外一點不同的是：以表演的方式來表達這個故事，這樣的演講過程當中讓人覺得較有變化。要產生一些生動變化的方法有許多，簡單的來說，像是將頭擺傾斜、在聲音上變化及改變在講台上的位子，這些都是在說故事時的好方法。另外一個方法就是以不同的角色演出。

在演講過程當中加入些許的戲劇功能也是另外一個好方法。一九九六年國際演講協會（**National Speakers Association**）的總裁佩崔夏・包爾（**Patricia Ball**）也曾經在她的演說當中加入了戲劇的效果。包爾很巧妙地將故事及其中的人物帶入演講當中並且直接演出。隨著她在舞台上聲音及舉止的改變，她變成了小孩、歷史人物或是苦惱的祕書。這樣的效果深深地迷住了所有的觀眾。

為什麼故事對於非專業演說家更為重要？

何謂非專業的演說家呢？所謂非專業的演說者就是：不是經常演講，並且不以演講為生的人。

「說故事」在演講這行來說是越來越重要，因為只要在演講當中說些故事就可以很快地讓這場演講變得生動有趣。如果在演說當中都沒有運用到故事的話，那麼這和讀書報告有何差異呢！對於非專業演說者而言，「說故事」是贏得聽眾注意的重要方法。

不經常演說的人常常會赧於將生活上的故事與聽眾分享，因為他們害怕製造出一種非專業性的感覺。這是天大的錯誤啊！故事是最能感動聽眾的。如果我們把結果當成是唯一目標的話，那麼以說故事的方式可能會比說明一個事件的效果好多了。

有一位女士講了一個發生在她老闆和她自己身上的一個故事。他們是在一家公營的房屋公司工作。有一天房屋公司應商業司的要求辦了一場演講。她的老闆首先上台，談到了有多少的房屋是在他的支持下所完成的，以及談了有關他這個單位的未來遠景及任務。他一再談到了許多的數據。然後他就回到位子坐了下來。當輪到這位女士上台的時候，她說了這樣的一個故事：

在我七歲的時候，我的祖母搬來跟我們一起居住。因為她家裡的樓梯沒有扶手，因此無法一個人生活。本來祖母的脾氣就已經不好了，再加上她個人隱私的喪失、小孩子的吵鬧及環境的陌生，這些原因更讓她的脾氣變得無可自拔的古怪。我記得小時候的印象是：有一個脾氣不好的祖母、沮喪的母親以及經常會找藉口出門的父親。直到我祖母過世，家裡都可以說是一團亂。

我們推出的鄉村專案是針對老年人而設計的，可以協助老人家的生活。我呼籲大家可以將這一類的家庭安排托付給我們。

在說完以上那段話之後，她就回到位子上坐下了。

事後，許多生意人都包圍著這位女士並且感謝她這一場精彩的演講。「現在，我瞭解為什麼貴公司會如此有價值。我自己也記得祖母搬來和我們同住的情景。這真是一個惡夢。」其中有一位生意人如此說。

她的老闆獨自坐在角落，手上拿著一疊傳單和說明書。

如果有一場演說值得你去說，也值得聽眾去聽，那麼就值得你停下所有的事情來達到最大的效果。永遠要記住：故事可以帶來最大最好的結果。

摘要

越是專業的好演說者，越要在演講內容中加上一些精彩故事。故事可以讓聽眾用心傾聽，有一種娛樂的效果、可以改變演講的腳步、有教育意義但不是說教，並且可以再提醒我們自己的定位及加強對於此訊息的記憶。運用故事的方式很多，即使是非專業演說者也可以用故事來強化他們所要傳達的訊息。

練習

1. 在演講者說故事之際，觀察觀眾的反應。寫下你所看到聽眾的一些身體變化。
2. 請你的朋友告訴你一些故事。寫下你自己可能如何編寫這個故事。
3. 和三個朋友談談有關他們如何故事應用在工作及生活上。
4. 請各聽一場由專業演講者及非專業的演講者所做的演說。哪一個人比較常用故事？故事在這些演講當中所造成的影響為何？
5. 準備一個技術性的演講主題，你可能會使用哪些故事？（技術性的主題包括：電腦、汽車維修、健康醫療、化妝品的使用、如何演講及業務行銷等。）

趣味演說高手——運用幽默故事的演講

故事的種類及運用方式

近年來，無論在電視上或是任何地方，都沒有什麼比得上這樣棒的故事開頭：「很久，很久以前……」

——William J. Bennet, *The Children's Book of Virtues*

人們都渴望故事，這是我們本質的一部分。說故事是歷史及永恆的一種形式，是代代相傳下來的。

——Studs Terkel, *Oral Historian*

我們被各種不可思議的、真實的故事所吸引，但這種吸引力不能單純的歸因為我們喜歡解決問題。每個好故事都與各種人物面對的各種問題有關，包括自己的、他人的、自然的和神明的，但是如果故事內容只著重在解決問題，我們在一段時間後就會厭煩。

——Douglas Jones, *Agenda*

我們都喜歡在會議上利用真實的故事來說明要點。

——Jack Canfield, *People* Magazine

故事的種類

「故事」依長度、角色的類型、事實和目的而有不同，然而專業演說家主要還是依賴「軼聞」，這是所有故事都須具備的實踐知識，有助於專業演說家塑造出他自己的故事。此外我們也可以利用這種經得起時間考驗的故事來訓練說故事的能力。所有的故事都有相同的構造，就如哺乳動物都有毛髮、恆溫、哺育子女，所有故事都是角色、動作、危機和解決方法的組合。

普拉茲獎得主瓊・富蘭克林（**Jon Franklin**）將故事定義為：故事是當一個人遇到某種複雜的情況，他為了面對及解決這種情況採取的行動所造成的結果。

下面所列為常見之故事型態及其定義。

比喻

比喻是一種取材自日常生活事實的短篇故事，用來彰顯宗教教義，通常是以人為主題。例如：寡婦的捐獻。在新約中，耶穌他將富人對教堂的捐贈和寡婦的捐獻做比較，藉以說明我們給予犧牲的數量並不如其比例重要。

寓言

寓言也是一種取材自日常生活事實的短篇故事，但它是以動物為主角，藉以教導人們道德的重要。例如：「龜兔賽跑」。伊索寓言中以自信滿滿的兔子與可靠的烏龜來對照。告訴我們：「穩紮穩打、持之以恆的才是贏家。」

神仙故事

神仙故事是屬於中短篇幅的故事，它是以一些超自然的生物（像是小仙女、小鬼、龍及巫師等）及人類為主題。例如：「灰姑娘」。一位神仙教母讓灰姑娘穿上得體的衣服並且送她去參加舞會，將灰姑娘從永無止境的悲慘生活中拯救出來。

神話

神話是屬於中短篇的故事，它是以神仙及人類為主題，用以說明自然的現象並且作為宗教的指南。這些角色都回到人的原本面貌，而且不斷在故事中出現，像是邪惡的後母、勇敢的英雄及忠實的朋友等都是原型人物。例如：「傑生和金羊毛」的故事。雖然傑生應該是艾歐克斯的繼任者，但是他叔叔卻繼任為國王了。為了奪回王位，他必須由晝夜不睡的龍保護並且將金羊毛帶回去。在歷經多次冒險及年輕可愛的女巫師美狄亞的協助之後，傑生終於順利的取回了金羊毛。

軼聞

軼聞是發生日常生活當中的短篇故事，它以人類為主題，具有娛樂、啟蒙及教育意義。軼聞常常是幽默或尖銳的。例如：「我會開車過來載你」一位先生對妻子說。她下了車衝進雨中，很快地跑進了雜貨店。買了東西付了錢後，她又低著頭跑向雨中，並一頭往停在門口的車子栽進去。她的裙子提到大腿的高度，雨水不斷從她頭髮上流下來。她往左邊望去，看到一個陌生人驚訝的臉。她上氣不接氣的說，「怎麼了，查理！你的頭髮又長了！」她的反應提醒了我們：我們常常將二加二說成是四十而不是四。

個人軼事

個人軼事也就是演說者談論有關個人的生活故事。范•克力邦（Van Cliburn）說了一個他小時候在聖誕節時收到圖畫書的情形。他急切地打開書來看，翻到一幅莫斯科聖・巴西歐（St. Basil）教堂的照片。「嗯！」他對他的父母說，「我們可以去看這座教堂嗎？」他們就像一般慈愛的父母一樣，低著頭對著他笑笑的說：「兒子啊，或許有一天吧！」當范回到莫斯科時，他又很快地問爸爸媽媽是不是可以帶他去聖・巴西歐教堂。「在教堂內有許多點亮的小燈。雪花四處飄動。有人問我說我是不是（對於柴可夫斯基國際鋼琴及小提琴演奏會）感到很拘謹，而我當時內心想到的是：我在那裡，是多麼的快樂。」

民間故事

民間故事是一種沒有起源的傳說故事，用以解釋自然的現象及事件，主角是人類和動物。這一類的民間故事可能會因為每個地方文化的不同而有所不同。例如：魯雅德・奇普林（Rudyard Kipling）所寫的《森林之書》（*The Jungle Books*）。因為這些書，因而產生了迪士尼電影「森林之書」，那是一個關於一個由野狼扶養長大的嬰兒的故事。

誇大故事

誇大故事是一種誇張的短篇故事，取材自人類的日常生活，藉以達到娛樂的目的及解釋

自然現象。

例如：保羅・邦陽（Paul Bunyan）。保羅・邦陽是一個比正常人巨大的伐木工人，他在美國西北部地區砍伐樹木。

練習

練習是一種非故事形態的故事，但是仍然有故事的戲劇張力效果。練習是以一般觀眾為對象，並且讓觀眾來參與演講的過程。由主講者設計好一個故事的架構並且請觀眾來參與。例如：蕾貝卡・摩根（Rebecca Morgan）請所有的觀眾一起參與並請他們摸彼此的鼻子。這其中並沒有情節，但是這個練習藉由讓角色（觀眾）採取行動（一起參與並且摸對方的鼻子），創造出特別的情節。在這樣的練習下，觀眾有了非常特別的經驗。（我真不敢相信，我可以摸我們公司執行總裁的鼻子！）摩根因此將這樣的練習作為教學工具，並且指導團體來進行這個練習。

陳舊的故事

陳舊的故事是一種軼事，經常被人提起，但是其出處已無可考。莉莉・瓦特（Lilly

Walters）將這一類的故事定義為：「被用過了頭的陳舊故事、笑話或是歌曲。」

生活小品

生活小品是取自於日常生活當中的生活片段，以人為主角來激發情感。在這一形式的故事當中，情感是最重要的，而其中或許鮮少有活動或是情節。例如：席拉•貝西爾（Sheila Murray Bethel）提到每當她訪問華聖頓特區時，都會搭乘一大清早的計程車兜風，所以有機會參觀越戰光榮紀念碑。

固定的一句話

雖然為這句話常被認為是一句笑話，然而這固定的一句話是所有故事達到高潮最基本的前提或者我們可以說它是一句一針見血的話。這種固定的一句話經常被忽略，然而它卻是意義深遠的。一位事業負責人毛瑞斯•法克斯（Maurice Fox）談到了一棟白色豪宅的歷史，說它的建築就像是南卡羅萊納查理斯頓區庭院中的一顆寶石。法克斯又緩緩地說：「當我小的時候，我記得在這豪宅的庭院有個牌子寫了一句話——猶太人和狗，不得進入。」就這樣簡單的一句話就點出了一九四〇年代的猶太人在查理斯頓區的成長情形。

固定的一句話可能是演講者刻意安排創造的一個引子。接著就可以鋪排出整個的演講內容了。艾瑪莉．奧斯丁（Emery Austin）是應用這個技巧的大師。她經常都會以這句話來開始她的演講：「在這樣的情況下，有什麼特別的人會去做呢？」然後她會再重複同樣的這句話，從這個情況轉移到另外一個情況。藉由不斷地將聽眾帶到那句話，將注意力集中在那句話的虛幻本質。

以另一個角度來看，我們可以說這樣的一句話是這複雜的大環境的速寫。所以常常當我們聽到有一位同事在抱怨另外一位同事的成功時，我們會說他是「酸葡萄」。「酸葡萄」這句話是從伊索寓言當中而來的，有一隻狐狸跳啊跳的想要採樹枝藤蔓上的葡萄。最後牠花了許多的心思，仍然攀採不到。這時狐狸悻悻然的離開，並且口中唸著：「我想這些葡萄一定是酸的。」

我們常常會以一句話來分享心中的想法及心情。像「酸葡萄」這個詞就能很快地讓我們體驗到對方心中的不快。所以當我們聽到這樣的一句話時，我們可以瞭解到，其實對方並不是真的認為那個目標是無意義的，而是他只是用來安慰自己罷了。

顯然的，你知道越多的典故的話，你就越能將之純熟的運用。以前美國人曾經被稱之為「文明人」，這個名詞是由小赫奇（E. D. Hirsch Jr.）所提出來的。有文化素養的演講者和沒有文化素養的演講者的不同，就好比有九十六種顏色蠟筆的藝術家，和只有八種顏色蠟筆的藝術家。當然，我們只使用八種顏色也可能畫出不錯的畫來，但是如果我們有九十六種顏色的話，那麼這幅畫一定會更精彩。

要成為一個偉大的演講者，你就需要不同的資料來源，這樣你才可以針對不同的聽眾，談不同的內容。你可以透過閱讀、吸收更多的經驗及保持高度的好奇心來讓自己的資料越來越豐富。

運用不同型態的故事

演講者可以花些時間將不同的故事有技巧的運用，並且以適當的方式將訊息傳達給聽眾。莎朗・鮑曼是一位訓練師，同時也是《棒透了的演講！優秀訓練師的秘訣！》（*Presenting with Pizzazz! Terrific Tips for Topnotch Trainers!*）一書的作者。她說如果一開始你就告訴聽眾為何安排這些特別的活動的話，他們多半都會依你的要求做配合。所以，如果你決定告訴他們一個神話，那麼你一定會希望將這個神話放入上下文中，讓聽眾覺得這個神話有意義。你可以這麼說。

今天我們所要談的是：在我們生活當中的一些正面溝通及負面溝通的影響。為了讓大家可以瞭解到溝通對我們的影響程度，我想先和各位講一個有關「藍波史帝史金（Rumpelstiltskin）」的故事。這是一個神話故事。在故事中有一個壞精靈，它要求公主猜它的名字，否則就要帶走公主的小嬰兒。最後因為壞精靈的自誇，所以讓公主因而猜出它的名字。換句話說，負面的溝通方式也就是其失敗的地方。

同樣地，你或許會運用不同的故事來說明某個重要的觀念——只要這個故事與這個觀念之間的關係是很明顯的。固定型態的故事對於固定族群的人是有一定的適用性及強迫性的。為了要竭盡所能的瞭解觀眾，你可以針對這些故事做些選擇並且仔細地針對聽眾的需求來搭配。

在尋找不同故事的過程當中，同時也讓我們學習到運用這些故事的方法。在「三隻小豬」的故事當中可以運用到求職者的心態。有人野心是太大了，有人野心太小，而另外一個的心態剛剛好。

其實學習文學中的故事就像是從樂器習得演奏技巧一樣。在反覆的練習當中，音樂家才能學到專業技巧，然後才是培養預測音樂出現順序的能力。同樣地，正統的故事將會培養你安排情節的技巧，並且讓你能夠安排一個既讓人感到衝突也讓人滿意的結局。

正統的說故事方式

專業演說者所運用的故事與由古代藝術發展而成、至今仍存在的故事全然不同。

在一九一五年，一位法國女作家瑪麗・雪拉克出版了一本《說故事的藝術》。她將這本書定義為「世界上最古老的藝術——文學傳播的最後意識」，在書中顯露出地對於古代藝術的喜愛，雪拉克有系統的剖析藝術的形式以減少擁有天賦本領者及沒有天賦本領者之間的差距。

正統的說故事方式起源於戲劇的敘事體，這是一種獨自一人的表演方式。雖然我們認為不同戲劇的不同角色最後由同一個人來飾演是理所當然的，但是從前卻是由一個人來表演。西元前四七一年的希臘悲劇詩人艾斯克勒斯（Aeschylus）創造第二位演員。西元前四六八年，索菲克拉斯（Sophocles）創造出第三個演員。演員公會及好萊塢都應該感謝這兩個人。

要成為一個有效果的說故事人，就要將所有的故事以表演方式來進行。正統的說故事，其故事主要是來自文學及口傳歷史中的民間故事，所以一般說故事的人也不一定就是故事的創造者。傳統上來說，他們都會先將故事背熟，然後不斷重複演練。在我們說故事的過程當

中，還要將說話的聲音及手勢融入故事當中。很多時候，小孩是主要的潛在聽眾。

正統的說故事透過情節、戲劇的詮釋及聽眾期望，產生趣味性。不斷的重複一些事情可以讓故事產生一種和諧感，並且創造出一種韻律及符合期望的感覺。在「三隻小豬」的故事當中就有一小段重複這樣的韻律：「否則我要咆哮，我要吹氣，我要將你的房子奮力吹走。」這時所有的孩子都非常的興奮，並且隨著說故事的人一起唱和著。

正統說故事的方式運用在演說效果非常好，而學習這種方式對於一個專業的演說人也有很大的幫助。事實上有兩位大師，傑克・康菲德（**Jack Confield**）及馬克・維克特（**Mark Victor**）在講台上的演講功力真的是一流的。他們在《心靈雞湯》一書中的一百零一個故事讓他們建立了一個演講王國。這本書總共賣出了三百一十萬本，因而榮登了《紐約時報》的暢銷書排行榜。

因為說故事的價值越來越受到社會的重視，所以有志之士花了很大的心力去彙整那些耳熟能詳的故事，這些故事往往也可以讓我們瞭解某一種文化的內涵及其價值。在我們保存這些故事的同時，也保留了這種文化，使它免於失傳。

有一位致力於這個工作的女性——南茜・萊恩（**Nancy Rhyne**），她為了保留這些鄉土的文化，寫下了兩本書——《南卡羅萊納鄉的故事》及《南卡羅萊納鄉村故事續集》。書中的資料主要是源自於國會圖書館的文獻管理員，「比其它州的人文資料強多了」。萊恩同時也採訪了當地的百萬富翁及一般市井百姓生活，因而編著成了這兩本書。

萊恩所寫的書保留了來自南卡羅萊納州沿岸、講非洲腔英語的奴隸們的生活文化。她說：「經過這麼多世代下來，原本的地方語言已經摻雜了法國的發音，這種語音形成了獨特的奴隸文化，我們稱之為『嘉拉』（**Gullah**）。」

> 我是從小聽著住在南卡羅萊納的祖母講故事長大的，當時祖母會坐在搖椅上，一面搖一面訴說這些故事。她最喜歡的「嘉拉」故事是這樣的：在一個公車站，有一個老婦人上車了。這時公車司機往後看了一眼並且說道：「嗨——阿姨，你不可以將活母雞帶上車哦——我們公車上是不可以有活的動物上來的。」
>
> 這時老婦人想了一會兒。「好吧——老闆。」她走到另外一邊，然後將母雞的脖子扭斷了。

一邊讀萊恩所寫的書，一面我印象晰地的回憶起我的祖母。當我們像萊恩所說的回想起這些故事時，我們會對於代代之間的關係特別的珍惜。

正統的說故事方法與在講台上說故事的差異

現在的專業講師創造了一種新的演講方式，可以說是正統說故事枝幹的一個分枝。但是事實上，正統說故事方法與在講台上說故事有很大的不同。

故事的目的

專業的講師在提到一則故事時，這個故事一定蘊涵著深意。大部分的時間，講師會不斷地重複述說這些故事，並且強調這些故事的重點。而說故事者說故事時，說故事只是其中的表演方式，而其它的重點就要留給聽眾去分辨了，除非這是一種寓言或是道德故事。

環境

一般而言，專業的講師都會選擇在商業或是專業場所來演講。像是會議中心、會議室、視聽室及訓練室都是他們常常選擇的地方。而說故事者則通常會在學校、圖書館、特殊場所公園或是書店等。

聽眾

大部份的專業講師的演講對象是成年人或是年輕人。而說故事者的演說對象則以小孩為主，但是現在他們的演說對象也較為多元化，因此現在也有以大人為演說對象的。

故事的數量

專業的講師在一個小時的時間內，約會談到五至十五個不同的故事。但是正統的說故事者則約在每個小時之內講到一至三個故事。

故事的長度

專業講師說故事的時間可能不會超過三分鐘，因為說故事只是其演講的一部份而已。說故事者則會花上較長的時間，因為故事是他演講的全部。

故事的角色

專業講師在故事中所談到的角色通常都與人有關：常常都會提到商人、過去的一位朋友、家人及認識的人等。說故事者的故事角色則是以動物及神話當中的神仙等為主。

「而說故事者在故事中的角色，可能和正統的說故事方式不太相同，因為他們說故事的目的在於喚起聽眾的想像力。」說故事協會會長莎朗・瓊斯說道。

故事的源頭

最棒的講師是可以有自己的創造力、有技巧地能將自己的故事在講台上與大家分享。說故事者其故事內容主要來自於故事的文化當中，這樣的故事通常都是代代相傳。

故事的所有權

有道德的講師是不會將他所讀到的故事，在改寫及創造之後拿出來談的。縱使已經得到他人的許可，一般專業的講師還是不會用其他人的故事。因為當會議的主辦人員參與這些會議時，他們多半希望講師可以引用一些新鮮有趣的題材。說故事者通常都會希望能夠用他們自己所創造的故事，或是從現成的故事當中改編，或是經別人的同意將別人的故事放入自己的演講當中。而正統的故事演說者一定要從現有的故事當中取材。在《說故事的過程與練習》一書當中，諾瑪・李玻及珊卓・瑞智提到——「說故事本身就是一個活的圖書館——是文學的寶庫。」

在李玻及瑞智旗下的說故事者，都有訊息傳遞及訓練其他說故事者的責任。「因此，許多的地方都很有技巧地，選擇及訓練一些說故事者來保留其傳統的故事，這些技巧包括了對說故事者及過多的資料做一篩選。」

最後的焦點在於專業講師方面。講師們都喜歡彼此教導對方有關如何演講、如何搜集故事及創新故事等。由講師自己所創造出來的故事，是屬於他所專有的並且一輩子都是他所專有的。唯一可能例外的是：這位講師同意和別人分享他的資料。

專業的演講及剽竊的演說

在馬克・維克特及傑克・康菲德出版了《心靈雞湯》一書之後，一些專業的演說者也爭相出版相關的文集。受到馬克及傑克兩人的刺激，許多的講師熱烈的回應。但是也有講師不願意參與這樣的風潮，他們說：「如果我們的書出版了，那麼一些演講者就更容易竊用他們的資料內容了。」這是一個很實際的考量，因為有許多非專業的演講者及演講的生手，常常未經作者的同意就直接從書上剽下他們想用的資料。當然囉，如果你要成為專家的話，你自己本身一定要做研究。但是如果你拿別人的資料來研究，並且將其結果據為己有話，那麼這

也是一種剽竊的行為。當一位演講的生手在一聽到別人演講之後，就決定借用別人的演講內容，那麼他的行為也是觸犯到了剽竊。這看起來似乎沒什麼，是不是？其實一點也不。故事就像畫、歌曲或其它的藝術品一樣，都是有價品。原故事的創作者可能花了數個月的時間才完成一個故事的。所以拿別人的資料來演講，就是竊取的行為，因為這和在雜貨店偷一罐可樂一樣是偷竊的行為。

我們實在沒有理由再竊用別人的資料。因為你在讀過了許許多多的故事之後，這些資料就會融為你自己的，你就會創造出你自己的資料。

秘訣

專業講師一般可以運用的書籍有：《心靈雞湯》、《工作之心靈雞湯》、《我們的心在那裏》……《家庭故事》及《巧克力對於女人的靈魂》等書。為你自己買下這幾本書吧！仔細閱讀，看看有那幾個故事最吸引你。我們每個人都有說故事的潛力及特性。不管在情感上，或是在我所說的內容上，可能都對你沒有很大的幫助。但是透過這些文集，你自己就瞭解到哪些故事是最適合你的。

對所有講台上的講師而言，將書上最精華的部份據為己用是非常平常的事情。在這本書當中，除了我們有特別提到，否則你將會讀到我個人的圖書清單。如果你將這些故事都據為己用的話，那麼你就是欺騙了你自己、你的聽眾及你自己的一生。如果你花時間吸收這些故事，那麼你將能發展出一套屬於自己獨特風格的故事。

摘要

故事會因其故事長短、人物的種類、行為及目地而有所不同。正統說故事的方式，可能來自於戲劇性的故事，或是從民俗中發展出來的固定的故事模式。正統的說故事方式與講台上的演講方式會因為聽眾、背景、目的、說故事的數量、故事的長度、人物、故事的起源及故事的所有權等因素而有所不同。

練習

1. 你孩提時代最喜歡的故事是什麼？盡你所能的將你記得的故事寫下來。請拿出你的《格林童話》及《安徒生童話集》等並再回顧一次。請你一面讀一面與本書中所提的重點做一個對照。

2. 請尋從不同的文化當中有關神仙故事及民間故事之類的書籍來。將這些故事和你以前所讀過的故事做一個比較，看一看這之間是否有些相同的地方？

3. 請去會見一位專業的說故事家。隨時做筆記，並請你將筆記分成兩個部份。記下他是如何將這些故事內容及表達方式做一個融合。並且請你觀察聽眾是否融入在他的演講當中。

4. 請挑選一個神仙故事來說。當你在說這個故事的時候，請以不同的聲音來表演這裏面的人物。想一想有什麼動作可以強化這個故事。

5. 為以上各種不同故事型態找出一個範例。找出故事中的情節發展、複雜的情境、有共鳴的角色及結果。

趣味演說高手——運用幽默故事的演講

故事從何而來

我真的被你的故事感動了——我可以確定我的朋友一定沒有人聽過這個故事。——如果我邀請你到我家來，不知你可否願意和我所有的朋友分享這個故事。

弗拉得米・霍洛維茲（Vladimir Horowitz）請鋼琴調音師佛蘭茲・莫爾（Franz. Mohr）談一談有關他個人精神覺醒的故事。引述自佛蘭茲・莫爾所著之「與偉大鋼琴家在一起的日子」

說故事不只是一種娛樂。它是一種對話也是回憶某種韻律的方式。

路易斯・諾丹（Lewis Nordan），引自《為你的生命而書》第二部。由西比爾・史丹伯格（Sybil Steinberg）編著

女人必須彼此分享彼此的故事；她們應該將她們的生活、她們所期望的及她們無法達成的想像等故事和所有的人分享。

卡洛琳・海爾布蘭（Carolyn G. Heilbrun）「寫一個女子的生活」

你是誰……

每個人都有不同的故事。你是你父母親相逢的故事，有一天在你母親陣痛一夜之後，你就在醫院出生了，你的父母也為你取了個名字。

你的每一個細胞都在在的顯示出你是誰、你的生活及你的飲食。卡通人物，戴格伍德（Dagwood），也常常坐下來和家人一起看家庭相簿中的照片。請用一點時間和你的家人一起看相簿吧，並回想「你是誰」及「你自己的歷史」。仔細思索如何運用出你生命經驗中的財富。

尋找故事

請想像一個在夏天，河面上閃爍耀眼陽光的畫面。這時你租了一艘獨木舟並且決定要乘獨木舟旅行，然後在舟上釣魚。你有三個不同的方法來取得魚餌：(1)你可以先用一個曳網，然後用這個網子撈些小鯛魚到你的水桶裏面。(2)你可以向其他船的人買一些魚餌。(3)你可以去商店買這些魚餌。

你可以用三種類似的技巧去尋找你要的故事：(1)你可以用自己編造的網來網住在你生命之河中所有的過往。(2)你可以訪問一些朋友，和他們談一談他們的生活並且做一番的研究。你可以在他們同意之下來使用這些故事。(3)你可以買一些你曾經聽過的書、錄音帶及故事書來做參考（最好的資料來源是你的自傳。因為在你個人自傳中的故事，你可以不需再向他人取得同意就可以使用，也無需再冒剽竊之名了）。

從你的生活當中找故事

一位新聞系的老師給了他班上同學一份作業：寫下一個你自己親身體驗過的精彩有趣生活經驗。

過了幾個小時之後，有一個大二的同學就來敲老師的門了。她說她實在沒辦法完成這個作業，因為她的生命中實在沒有什麼精彩有趣的地方。

你的意思是說你都未曾碰過一些有趣的人囉？沒有做過任何有趣的事情？沒有見過任何有趣的事？你也沒有到過任何有趣的地方玩？老師不斷的提出問題來。「好吧！那麼你曾經渡過假嗎？」

有的！她曾經和她的家人一起到過大峽谷旅行。

「那個地方是什麼樣子？像這樣一個崎嶇的地方，一定有很多事情會發生。你們有徒步旅行嗎？」

「有啊！但是只有一小段而已。」

「為什麼呢？」

這個學生臉都漲紅了。「我被響尾蛇咬到，然後我就昏倒，沒有意識了。」她說道。「這時我的家人需要有人來幫他們。最後緊急醫護人員到了，他們將我抬起然後將我送上一輛緊急救護的飛機。」

重點不就出來了嗎？有些時後我們縱使有許多的故事，但是我們都沒去察覺到。或者就像是法蘭克・湯姆斯（Frank Thomas）所寫的《如何寫出你的生命故事》中所說的每一個人的生命當中都有待我們去發掘。

別人可以辦到的，那麼你也一樣可以做到

有一個偶然的機會，有一位聽眾問了我這樣的一個問題：「你所說的這些事情真的都發生在你的身上嗎？如果是真的話，你的生活一定很精彩，因為在我的身上似乎都沒有發生過那樣的事情。」

當然在你的生命當中一定也有些特別的事情，但是你不像是一個訓練有素的說故事者一樣，你可能忽略了這些發生在你身邊的有趣事情。你的生活當中一定有許多的故事值得你去和別人分享。「人們本身其實就是一個故事的寶庫。」羅傑・尚克說：你會發現找到這些故事不是憑藉著幸運而已。瓊・法蘭克林（Jon Franklin）指出如果他所發現的故事後來得了普立茲獎時，則不光憑「幸運」這二個字。如果你要尋找你生命中的故事，那麼你就要像幽默大師，琴妮・羅伯森（Jeanne Robertson）所說的「做一個訓練有素的察覺者」。

羅伯森小姐應該知道：她生命中的幽默是來自於「人類每天的行為中可信的部份。」在史帝芬・亞倫（Steven Allen）所著之《如何做個有趣的人》中談到，除非有可愛的卡通人物在其中作用，否則伍迪・艾倫（Woody Allen）沒有理由會比雷根先生有更多有趣的生活經驗。其實幽默大師的經驗不會比一般人有趣到那裏。他們只是對於環境有較強的敏感度，因而他們能夠比一般嚴肅的人更能掌握到幽默。

你要如何成為一個訓練有素的察覺者呢？成為一個對環境有一定敏感度的人呢？你一定要：

1. 相信所有的故事及幽默因子是從這兒來的。

2. 學習說故事者的觀察力。

3. 能夠讓故事發展，就像是麵包一樣，在它變成可口的點心之前，要有時間讓他們去發酵。專業的演講者通常會花上幾年的時間來完成一個故事，也會用最好的方法來述說這個故事，選擇最好的用語及最好的時間講完。我們會在第六章中談到如何運用你的故事。

讓我們面對這些挑戰吧！除非你是一個奧林匹克的運動選手、一位政治家、一個電影明星或者是一個名人，否則如果你要演講的話，你一定要有內容可談。而最好的資源就是你自己的生活。葛拉帝‧羅賓森說：「每一個人一定都有上百萬的故事。那麼我們要挑戰的就是不斷地將之修改並且刪除。」

相信故事是從中而來的

當然，如果你不相信在你的生活當中故事是唾手可得的，那麼將永遠都不會發覺這些故事。你在下意識當中一定會覺得的生活一無可取之處。

我們常常會在思考上去斷定一些事情。我們習慣上會認為在碎石路上一定有留下相當的車痕。你越是因襲於過去的想法，你的積習就會越深，不可自拔。

在我們小時候一定會被教導說在過馬路之前，一定要先看左邊然後再看看右邊。你可能同樣的話聽過了千百遍而你自己在心裏也曾叮嚀自己千百遍，而現在終於變成了你的習慣。

然而，有一天當你從倫敦的飯店走出來，侍者可能會提醒你：「老美！別忘了開車的方向要和你原本的相反。在這裏你要先看右邊再看左邊，否則你會在馬路上被壓成肉餅。沒錯吧！」

在剛開始過馬路的時候你可能會依照別人告訴你的來做。然後當你要開始過街的時候你會怎麼做？你一定會先看左邊然後再看右邊。為什麼呢？因為你在下意識中很確定的要「先看左邊，後看右邊」，所以你仍在下意識中遵循這樣的原則。同樣地，如果你斷定「你的生活經驗乏善可陳」，你在下意識中也相信了。因此你可能會拒絕一些故事或是一些你只要花一些關心就可以開花結果的故事。

故事的真義

約翰正在學習一個如何成為訓練師的課程，但是他心裏卻有一點點洩氣。他看著一個接

一個講師所準備的不同資料，而每一個講師都有講不完的故事、事例及引述。

「但是我自己從來都沒有像那些傢伙一樣有這麼多的故事！」他有些感嘆的說。

他所說的沒錯。他現在是沒有像這些講師一樣有這麼多的故事，但是有一天他將能發展出他自己的故事。當你將講師或是訓練師當成是一份工作之時，你會發現要找出許多的故事也是一件艱巨的工作。除非你天生是一個健談者，否則要記得這麼多故事也是一件不簡單的事情。約翰給人的印象一直是他沒有故事可以和別人分享，然而那一天早上他講了一個非常棒的故事。故事是這樣的：有一天他把自己鎖在門的外頭，而他所有的訓練資料都還在裏面，他就拿了一個十二英吋高的架子想要爬到二樓的公寓。當約翰小心翼翼的爬上去的時候，他隔壁鄰居在她廁所的窗子看到了約翰，然後她大叫她先生過來。「快來啊！有一個人穿著西裝打著領帶想要爬進去這棟公寓的另一個門。」當約翰想到這個故事之後，他說：「那麼這和工作有什麼關連呢？」

在那當頭，約翰的故事可以說是沒有重點也沒有主題的。但是很多故事在一開始時也是一樣的。這也就是為什麼我們要用心在這上面的原因。如果你有很棒的故事但是卻發現無法傳達出一些重點時，請不要洩氣。最後你一定會有方法來使用這樣的故事。

對於剛開始成為說故事者，我們有三點小建議：

不要在一開始就對自己的故事下斷論

如果一開始約翰就認為架子這個故事是沒有價值的，那麼他將會很快地將這個故事忘記，然後我們就再也沒有機會看這個故事的發展了。今天無處可棲並不代表著明天亦無處可去。不要太草率的對待你的故事。

不要拿自己的故事和別人的故事比較

演講多年的人一定會累積許多的資料，因為那是他們的工作之一。如果你從事這個工作二十年以上的話，那麼你同樣地會有一卡車的故事。記住：根據專家的調查，對大多數人而言，要成為一個好的講師至少要經過十年以上的考驗。所以請耐心以待。

不要在一開始就擔心要如何運用你的故事

這將會是一個惡性的循環。因為你不知道要如何運用這個故事所以你就忘了。因為你沒有基本的資料來架構一個故事，所以你就沒有發展出一個故事的經驗了。因為你在精神上並沒有支持它，所以就有這樣的結果了。

以堅定的想法來尋找故事

利用這種堅定的想法來幫助你喚醒你的下意識。在下意識的作用之下，將會幫助你找出你要的故事，這時你就會有很強的聯想能力。「下意識強大的力量就像是蒼天浩瀚一樣。」喬依絲・雀布門（Joyce Chapman）在她的《日常趣聞記事中》中如此提到。

請務必在一天之內重複將這樣的堅定信念出現三次。至少持續一星期這樣的功課。請確定你在最後的反覆練習當中已經產生了肯定的答案了。

1. 我的生活當中充滿了豐富有趣的故事資源。
2. 當我回想過去的生活之際，我發現了有許多可以運用在我演講的精彩故事。
3. 每天我都會產生一些很棒的故事。

為了能讓你更方便尋找這些資料，你將「故事」這兩個字寫下來，然後，放在明顯的地方。

開發你的生命

你是誰？你曾經做了些什麼事？你要去那裏？

你就像是一座冰山一樣，我們看待你就像是眼前呈現在我們面前的一切。然而你所經歷的大部份是看不到的，但是這仍是你的一部份。當你開口時，你可能就會將你在冰山中掩蓋的那一部份和我們一起分享。

你可能還是隱沒在大千世界當中，但是你仍還是你。

當我們願意和別人分享時，我們也就將這些聽眾邀到我們的世界之中。在台上講師與台下的聽眾之間的距離越來越近了，而我們對於彼此之間的交流也越來越滿意。強哈利之窗（Johari Window）（圖4.1）提供我們探討這樣概念的方法。

強哈利之窗

活動場

活動場其所代表的意義是：我知道我自己，我也很樂於和別人分享。我們所分享的可能是我們的過去、我們的生活習慣及我們所喜歡的事情等等。在這個活動場中提供了我們源源不斷的故事，當我們在發掘我們過去的生活之際，我們也會在台前和所有的人分享。

圖4.1 強哈利之窗

我知 你知 活動場	單方面 我知 我不知
我不知 你知 盲點	潛在力 你不知 你不知

改編自《團體過程：團體動力介紹》，約瑟夫·盧夫特（Joseph Luft），一九八四，第三版。梅菲德（Mayfield）出版社同意翻印。

盲點

盲點的意思是：別人可以知道我，但是我自己卻無法知道我自己。有一個叫做艾德（Ed）的講師批評由另一個講師南茜（Nancy）的所發行的錄音帶說：「你知道嗎？你在這卷錄音帶中約莫用了有五十六次『太可愛了』的字眼。」他又繼續說：「這一看就知道是女人所用的字眼。剛開始我還可以接受，但是後來我實在不能忍受了。」南茜非常高興他能夠將她的盲點講出來，因為她自己本身不知道自己已經過度使用這個字了。如果你將自己的心敞開的話，你可以去除盲點。

單方面

在單方面這個窗口中所代表的是：我知，然而卻不願與別人分享。我們會發現一些痛苦的故事可能現在或者將來變成一幕故事。在這樣的情況下，我們將會發現只有在對的環境下才能有產生這樣的故事。例如：羅西塔・培瑞茲（Rosita Perez）在掌握到聽眾的情形之後，她才決定要分享多少有關硬化症對他生命的影響。對某些聽眾而言，他可能不願意將自己所罹患的疾病告訴他人。她將硬化症對她生活的影響坦誠地告訴護士是有必要的。在這個方面必須定期做一番審查並且要小心處理。對我們而言，我們若要提出來和大家分享的話，那就

不只是要適當，而是要完美了。

潛在力

潛在力是指現在或是未來未知的部份。當我們和現場的聽眾分享我們目前的生活時，我們將會感受到他們的回應，在這當時我們也體驗到未知的潛在部份。未知的潛在所代表的就是我們無法預測及無法掌控的地方。有一位講師在談他的生活時，宛如自己是浩劫後這部電影的餘生者。我們知道這些是來自於其過去的經驗，一個他知道並且體驗過的生活部份。在他演講完畢，有一票人都排隊希望和他講話。聽過他談過這些話之後，許多人都將記憶返回到那個時候——雖然他們並不是浩劫後這一部戲劫後餘生的小孩。他們在聽過講師所說的故事之後，都會拿裏面的故事和其現實生活做比較。他們和他分享這些故事，代表著一個新的創意。因此講師和聽眾一起創造出一個新的故事，也就是你現在所讀的這個故事。

當講師和大家分享其經驗時，聽眾也會升起同樣的感覺，我們將它稱為開放性的接觸。在《談話：人際之間的密切溝通》一書中，傑羅德‧古德曼解釋了這種交換的價值：「沒有公開！沒有親密的交往！如果沒有開放的溝通下，我們每個人都要永遠活在孤獨當中。」

最好的講師會將許多一般性的東西和別人分享，因此我們可以真真實實的看見自己在他們的故事當中——除了我們的生活經驗不同之外。在演講當中，當我們要將自己的生活軼事和聽眾分享的話，我們將會開放讓大家一起討論。不管這些聽眾會不會繼續和你討論，你可以很確定的是：你的聽眾在內心中已經有了一番自我的對談。你自己真實的生活將會最吸引聽眾，因為你和他們分享的同時，他們自己也經歷過另一番自己的生命。

開拓你生命的方法

記得在西片中常常會出現的那位老檢察官嗎？他總是一邊大叫一面將牙籤及平底鍋在頭頂上揮動著說：「在那座山上有黃金礦。」是啊！那裏應該有吧！但是你要知道，如果你要掘出這些金礦的話，你就要掘出許多的泥土並且要涉過千山萬水的，最後你找到的可能是類似黃金的金銅礦。當你拿到這樣完美純潔的金塊時，你的心中已經得到最大的鼓舞。

請你也記得，這個老檢察官可是幾乎沒有從地底下找出任何像鵝蛋大小的金塊呢！你當然也沒有。請你在閱讀本章節之時，多多尋找一些故事的金塊，因為小小的一塊，將來很難說是不是會變成又大又漂亮的一錠金塊。要如何才能確定這是一個很好的故事題材呢？多尋找令你震撼的事情，在情感上和你共鳴的部份及你想要多瞭解的角色等，這些都是故事的因子。

注意：記憶的喪失可能是對自己的一種保護

吉姆對於其早年的生活一點印象都沒有。不管你怎樣問他或是鼓勵他，他的腦筋仍然是一片空白。

我們有些人無法回憶，因為我們的今天瑣碎的事情會阻擋我們對昨日的記憶。有些人無法去回憶，因為他們的過去太痛苦了。根據心理學家的報告說：當一個人在他小時候有痛苦的記憶時，那麼他將會壓抑他自己，直到他的孩子也八歲時，他的記憶才會再喚起。換句話說，如果你的母親在你八歲的時候診斷出患有癌症，你將會壓抑這一段記憶直到你孩子八歲的時候。在那一段時間，因為你要參與孩子的成長，所以你的記憶會再浮現起來。

因此，如果這些練習讓你覺的不愉快的話，那麼就把它擺在一邊吧！如果這樣的練習讓你情緒高昂，這時你可以將你的感受告訴一位專業的輔導員，你可以將你的感覺告訴他。如果你不是覺得非常沮喪、生氣或是難過，千萬不要放棄。相反的，如果你所發掘出來的情緒是你可以掌握的，那麼就太棒了！如葛拉帝所說的：「你已經很接近真實的東西了。」你可能已經為你自己及你的聽眾找到非常有價值的故事了。至於何時應該和聽眾分享，何時不宜分享，這一部份我們將在第六章另外探討。

從你的過去尋找金礦

礦工會知道在某種土質下面可能就有豐富的金礦。因此你可以就這樣的徵兆來尋找你生命的金礦。

檢查你的每日行程

如果你有記錄每天行程的好習慣，那麼我們要跟你說句「恭喜」。你或許已經有你可以掌握的故事源頭。如果沒有的話，從現在開始吧！

每日記錄的方式是非常個人的事。有一個演說家就保持了在每天的行事曆上記下筆記的習慣。也有人用電腦寫日記，其原因是他輸入電腦的速度要比寫下來快多了。新聞記者會將每天所發生的世界大事記錄下來。也有人是將每天比較有趣的部份寫下來而已。唐尼・羅賓（**Tony Robbins**），一位演說家、作家及精神導師，常常會提到他的日記，他同時也說如果你的生命值得活下去的話，那麼他就值的你去記錄下來。

記錄每天的行程除了可以提供你每天所發生事情的記錄之外，它同時也可以幫你將這些故事保留下來或是繼續發展下來。透過這樣的一個習慣可以協助你將你的世界組織起來——不管是現在或是過去的。在《在家寫下你自己——女人自我發現手冊》中，作者金伯瑞・史諾（Kimberly Snow）提供了我們很棒的每天記錄自己生活的方法。史諾指出在寫作當中，讓我們感到一種釋放，讓我們進入一個沒有時間的國度，在這個國度中所有的事情都變的有可能……。透過寫作及視覺表象，我們可以建立個人的語言並且可以填補我們生命中的空缺部份，讓我們的生命更加的真實及有意義。不管你是男人或是女人，史諾的練習標題是：「為高興而寫」，因為這樣可以幫助你從自己內心處產生故事來。

另外我們還可以以「藝術家的方法」來記錄我們的生活，就像朱麗亞・卡瑪朗所舉的「清晨數頁」中所列出來的，那將可以成為我們創造的主要工具。她將之定義為：「這三大頁的手寫稿是來自意識流的。」卡瑪朗建議這幾頁可以讓你掌握到「所有介於你和你的創造力之間的細微事情」。

或許你會開始懷疑「如果我所要做的事情是演講，那麼我為什麼要寫那麼多東西呢？」因為在寫字的過程當中，你將會也有所發現。威廉・金塞（William Zinsser）在《透過寫下文字來學習》一書中提到：「透過我們想要學習的課題，我們會用我們的方法找到其中的意義。」他又繼續解釋道：

透過寫下來這個動作，我們可以讓我們的思想更加清晰。透過寫作我們可以將我們所讀過的主題用心思考，然後再將之變為我們自己所有的。在寫作當中我們可以找出我們所瞭解的——及一些我們所不瞭解的——以及我們一直想要學習的東西——不管我們寫在那裏——一張便條也好，一封信或者是一張給保姆的小紙條——這些我們都可以藉由書寫把我們所要說的事情表達出來。

對於一個演說家而言，沒有任何事情會比寫作來得重要的。演講本身就是非常飄渺的。當我們把它講出來之後，這些話馬上就會消失了。但是如果我們將它寫在紙上，這時我們就可以將之保留下來並且修改及重新定義我們所要傳達的訊息。透過寫作的練習可以讓我們免於陷入閒聊的演講深淵中。

你在記錄時不需要寫的跟正式的文件一樣。但是你可以利用你所寫下來的東西提醒你掌握你所有的生活經驗，並且可以讓你在將來想要重寫時可以馬上就可以起稿了。

再看看你的相簿

用一本筆記本，對於每張照片都寫下幾句話。和你的家人坐下來一起看，特別是你的父母親、你的祖父母及兄弟姐妹等。他們對於這每張的照片有什麼回憶？

當你在看這些照片時，你注意照片的背景。你在每張照片上面看到了什麼？你的家？你的學校？或是一隻寵物還是你心愛的玩具？請寫下你所記得的角落及感想。

馬克斯・狄克森，一個演員兼演講教練，建議我們將十二歲以前所住的地方以平面樓層的方式畫出來。請盡量畫的完整一點。畫上一個用煤氣為燃料的壁爐。請註明壁紙的顏色。請特別將你的臥房標出來。然後根據戴克森所說的下一步，將你的情緒反應用筆標出來。你覺得在那裏比較安全？在那個房間有快樂的回憶？重新建立物質上的環境將能幫助你與童年的你做較深的接觸。如羅賓森所說的：「你是無法將童年丟掉的。它是永遠都存在的。」因為每個人都曾經有童年，因此童年的故事也最能打動聽眾。

拜訪一位你以前的朋友

問一問老師、親戚或者是朋友，問他們還記得你成長中的那些事情。還有：拿一些發生在他們年代的歷史事件，問一問他們在當時是在做些什麼?你將可飽覽他們的生活及他們所認識的人的生活故事。

伯那・格倫（Bernard Grun）所寫的歷史年表是我回顧過去最喜歡的資料來源。格倫先生很喜歡將歷史分成七個部份來探討：歷史與政治、文學和劇場、宗教哲學與學習、視覺藝術、音樂、科學工藝與成長、日常生活。在討論這些領域所發生的事件時，這些喚起我們的記憶。當我們在看一九八五年的書籍時，將會讓我們想起幼稚園的時代，當時美國正取得阿拉斯加這一州。

當然你也會希望問一問別人對你的記憶。有一個女子從小就在暴力的環境下長大，有一天他去找他的姑媽。她很驚訝她的姑媽說：「在你小的時候，當時我對於你父親對待你的方式也感到非常的難過，我把這樣的情形告訴我的老公，而我老公卻要求我不要管這個閒事。他說你父親怎麼做是他的事情，如果堅持要插手管這件事的話，那麼你父親或許會將他的怨氣發到我的身上來。」這樣的故事讓採訪的這位女子對於其童年有了新的看法。「在我和姑媽談到我小時候的事情之前，我認為父親對我的怒氣及惡劣是理所當然的。然而在與姑媽會談之後，我覺的自己是無辜的，而我也知道了縱使在我身旁的大人們在父親的面前也是非常恐懼的。」因此，這位訪問的女子可以重新思考她的童年並且發掘出她以前所避免的一些回

憶。

請運用錄音帶將這些對話錄下來，因為透過這樣的方式可以幫助你準備演講時所需的故事。

研究你的家譜

利用威伯・海姆波德（Wilbur Helmbold）所寫的《追尋你的祖譜》一書，你或許可以從中找到你已逝祖先所遺留下來的故事。例如：有一個紅髮白膚的女子最後發現她自己和查拉幾族之間的關係。新的收穫：她不但對自己有更多的認識，同時她也發現了一個在她們家族祖先中一對時運不濟的戀人共組家庭的故事。

將你的高中畢業紀念冊拿出來

最令我們難忘的故事角色是那些經歷過成長蛻變的人。然而我們有些人自從高中畢業以後就幾乎沒有什麼改變了，還好其他的人仍然繼續地往前走。在「佩姬蘇要出嫁」（Peggie Sue Got Married）這部電影，其內容是有關一位女子對於她高中時代的回想。如果你的高中生活就是一部電影，那麼它將會怎樣的一部電影？想一想會有那些主角。寫下你所關心的戲劇內容。新的想法：當你在對著畢業紀念冊在追憶過往時，你也可以尋回其他同學的生活故事。想想照片中的每一個人，就像是在看一本你已經看過的書一樣。這一本書的結局如何？這些曾經與你在同一屋簷下讀書的人現在變成怎樣了？你可能懷有採訪記者的心情去參加一場高中時代的同學會。謝爾登（Seldon）先生在參加高中同學會之後，他很訝異的發現了他以前的女朋友在和高中時代的足球明星結婚之後，現在已經分手了。其中的原因是：這位足球明星在喝醉酒後用拳頭將他太太的門牙打掉了。這位以前的運動員一直猶豫要不要參加這一場同學會，而在整個週末的時間，他一直坐在角落的地方。

在好奇心的驅動之下，謝爾登過去和這位足球先生說些話。在一番交談之後，謝爾登先生知道了在二十年之後，這位足球先生已經是一位無業遊民了。謝爾登先生說：「我自己想一想，我原本也可能跟他一樣的。」對某些人來說，高中可能是他的風雲時代。在參加這次的同學會之後，謝爾登先生又有了新的故事靈感。

親身（或是在心靈上）回到你過去曾經去過的地方

有一天在散步的路上，我看到了一棵沾滿雨露的松樹，這個情景讓我想起了祖母在南卡羅萊納的房子。在她客廳的牆上掛的是我們祖先的圖像。照片上是一個女人及兩個男人，整

張照片的感覺有點陰冷，圖片上的人似乎從他們金邊框的領域中直盯著我看。當時我是一個小孩，但是我心裏知道我是這些祖先的後代，我只是他們當中的一小部份。在這個歷史的河流中我並不孤寂。我是這一條延長線的線尾，我必須將它延續到下一代。這讓我昇起一股很強的使命感。

你可以看到、聞到或是嚐到的東西都可以勾起你的回憶。回到以前你媽媽常買東西給你們吃的地方去買一個你小時候最喜歡的糖果，然後走到玩具店裏面看看這些小時候玩的呼拉圈及小動物。

你如果可以仔細觀察這個世界的話，你將會發現處處都是精彩的故事，這些都可能成為所有過程中的焦點。瑪莉・佩特・福嘉（Mari Pat Varga）早已忘了「爆米花選手」這個讚美，直到有一天他看到時代雜誌中引述了凱文・麥克海爾（Kevin McHale）對NBA球員用了「爆米花選手」這樣的詞語。福嘉對於其高中時代打籃球的景象不斷地湧入腦中。她現在腦中有這樣的一個影像：那就是「有一個闖入球場的球員，這時她聽到了群眾嘶吼的聲音、感受到了明亮的燈光及籃球的球皮及聞到了爆米花的味道」。福嘉想起了一個爆米花球員，他是一個「全力要求自己達到高峰的一個人」。有了這樣的認知之後，福嘉終於想出一些故事的構想及一些計劃，這個計劃就是：「爆米花選手執行計劃：當壓力來臨時，我們該如何找出我們的熱力」。她描述說這個計劃就是如何在面臨極大挑戰時，仍然能夠保持在巔峰——你的挑戰可能是你的對手隊、忿怒的客戶、同事及我們自己的態度。

秘訣

將你最寶貴的經驗和你的朋友分享。什麼樣的內容他/她想起了他的家人？你的朋友以前最喜歡的玩具是什麼？在以前，你的父母無法供應你什麼樣的糖果——而現在呢？在別人分享他的生活回憶當中，或許你也可以燃起過去的一些回憶。

嘗試聯想創意練習

「聯想創意」這個字在美國新赫瑞塔基字典（American New Heritage Dictionary）中的意思是「用兩個以上的要點來達成其個別無法辦到的效果」。納塔利・高柏格（Natalie Goldberg）在《寫到深處》一書將聯想創意解釋為「一加一等於一台賓士汽車」。聯想創意是活動創造的泉源。

接下來的活動將幫助你尋找出你生命的故事。將以上的單字列在不同顏色的紙上。

母親	萬聖節	皮帶	快樂
父親	聖誕節	魚	生氣
姐妹	復活節	水	害怕
兄弟	踰越節	籃子	驚訝
祖母	七月四日	傢俱	舒適
祖父	陣亡將士紀念日	火雞	大笑
牧師	春天	餅乾	教導
鄰居	秋天	醫院	澆
電影明星	冬天	廚房	解散
朋友	夏天	腳踏車	跳
大人	假期	鐘	灑
老闆	星期一	書桌	單腳跳
寵物	週末	車子	旅行
老師	星期五	筆記本	對照
唱詩班	星期日	書本	唱
駕駛員	黃昏	熱氣球	飄浮
醫生	早晨	藥	吞嚥
敵人	午餐	狗	鬼鬼祟祟
活動營輔導員	生日	禮物	回來

現在，將每個字剪下來，這樣每張紙上就只有一個字而已。將這些字分散。請將不同顏色的紙各拿一張出來，這可以做為你回憶的索引。透過這樣的方式或許可以幫助你拾回不同

的經驗：像是一輛車，上面有一隻暈車的小狗、一群人在清早出發往田納西的山區去露營、還有坐在熱氣球上面的鄰居等。

你可以很輕易的增加上面所列出的文字。還有你也可以選擇增加一個新的大類，或許你也可以隨意增加一些從報紙上或是電話簿上面找到的文字。你如果能夠列出更多的大項，那麼你就更有機會尋回你的記憶。

再度體驗你的假日、紀念日、禮拜及傳統節日

在我們生命中特別的一些年頭或是節日都將會加強我們的記憶。有一位婚禮的主持人舉起他手上的香檳說道：「當我看著新郎和新娘在交換誓言時，這讓我想起了我的婚姻及和我太太之間快樂的日子。」所以讓我們也都回到了過去那個特別的一刻。在假日、紀念日、禮拜及傳統節日時，你想起了些什麼？

有一個教堂決定召集所有的會員舉辦一個跟耶穌最後的晚餐一樣的餐會。牧師找了他一個猶太人的朋友——大衛前來主持這個餐會。雖然他也希望完全遵照傳統的習慣，有關踰越節中〈出埃及記〉中的一節故事，大衛仍將其誦唸出來就和他小時候所辦的儀式一樣。「傳統上在誦唸這一段故事時都要先將門窗打開，這樣以利亞（Elijah）的靈魂才可以進來。」

大衛解釋道。但是有一年，當我媽媽將門打開之際，她聽到了非常急促的敲門聲，當她打開門之後發現美國聯邦調查局的人就站在門口。我的母親曾經當過小學老師，這些局裏的人正在調查我母親的一位學生。當時我只有八歲，但是我弟弟和我在這個事件之後仍覺得驚怕。我們因此在踰越節的後一天的晚宴宣布：「這是來自美國聯邦調查局的以利亞。」大衛的親身經歷讓這一次的晚宴更加的不同。他不但將傳統的禮俗與大家分享而且還讓我們瞭解到他對於猶太人成長的回憶。幾個月之後，教堂的成員仍在談論這個晚宴。你對某個特殊時期的記憶是非常有趣及珍貴的。

秘訣

要開發你個人故事最好的書也就是最小的一本書。唐納．戴維斯（Donald Davis）所寫的《談你自己的故事》一書，是正好可以放在你的小背包當中的。戴維斯先生特別喜歡「即席的」，他將之比喻為「一個假的魚餌」。透過他這種即席的方式和家人相處，你將可以有故事的題材及與家人相處的娛樂活動。

回顧你的角色

為了能夠多方面的發掘你自己，馬克斯‧戴森先生建議要將別人所描述你所用的字列出來。下面有些你可以開始使用的詞語：

學生	騎腳踏車者	經常做禮拜者
朋友	講師	兄弟姐妹
發問者	聽眾	車子所有者

根據戴森先生所說的，故事有三個重要的因素：爭論、決定及發現。運用這三個字並且將這三個字與形容你的角色來比較。你可以形容一下當你擁有一輛車的心情嗎？

有一個演講者產生了以下的故事：

我記得我最喜歡的一輛車是：賓士450SL的敞蓬跑車。當我開著這輛跑車到我所任教的學校時，我覺得非常的快樂。當我停止車尾燈時，我可以從我的太陽眼鏡

中瞄到一些校園的帥哥們直盯著我看。最精彩的是，當我從車上走下來時，我看著他們臉上的表情突然改變了——因為他們發現了我是身懷六甲的孕婦媽媽。因為要帶小孩，而且車子也常常要維修，所以我下了一個決定：我要將車子賣掉。我永遠也忘不了那一刻，我手上搖著我的小寶貝，一面我還聽著買主在我先生將鑰匙交給他之前用腳不斷地踢著車胎呢！

保持演講內容的平衡

如果你將自己視為演講當中的靈魂人物，那麼你的聽眾可能會排斥你。如果一個專業的講師在演講過程當中都一味地注重自己，並且把自己形容為故事中的英雄人物的話，那麼他這種行為只是在愚弄自己而已罷了。他可能會提到他自己在某個事件當中拯救了一個財星雜誌中名列前五百大的企業等等話語，或者他曾經協助了某個重點工業的總裁——諸如此類的東西，但是誰在乎他的功蹟呢！當他步出教室的時候（這時他可能也沒有時間和大家說說話的），整個教室的人都將會鬆一口氣。所以最後演講的評估結果，他的口碑相當的差。事情很明顯：你自己絕不可以成為故事中的英雄。

當你告訴聽眾有關你自己及你的現實生活時，要避免太出風頭。另外當你沒有強調你自己時，可能整個演講也會變得不夠有變化。所以你要像佩崔夏・佛立普（Patricia Fripp）先生所說的：要維持一定的「你我的使用比例」。喜劇劇作教師，約翰・康圖（John Cantu）告訴了佛立普先生有關將聽眾帶入故事當中的重要性，就如佛立普在專業演講雜誌中所發表的文章中提到：

例如：有一位喜劇演員說：「在——時候，我曾經是一位啦啦隊長。」所以當她提到這個部份時，有許多人會這樣想：「她一定是想告訴我們她是很特別的。」或「我的大腿一定太粗了，所以不可能當啦啦隊長。」

然而，如果她說：「你是不是有這樣尷尬的經驗，並且想趕快挖個地洞鑽下去呢！」所有的聽眾聽了都點點頭。「讓我告訴你，我是什麼時候開始當啦啦隊長的。」

以這樣的方法，這樣的說詞一定可以讓聽眾審視她自己——而講師與聽眾之間的共識也將更能有效的建立。只要有可能，講師都為盡量讓聽眾融入在這個演講當中。另外如果你格

外注意「你我的使用比例」，如麥克・克拉伯（Michael Klepper）在《我寧願死也不要演講》一書中所說的。這裏的文字是很調和的，它是你所看到及你所說的混合及在場所有人所親眼見證的。

訪問其他的人

另外一個可以讓你散發舞台光彩的工作就是訪問其他的朋友。你可以發掘出很棒的軼聞來增添你故事的內容。採訪他人也是讓你演講多元化的一個好方法。

在訪問過其他人之後，你可以增加不同背景的故事

如果你不是八十歲、你不曾在工廠工作過、你也不曾加入任何的少數團體，那麼你如果要談到有關這些族群的故事，這就有點困難了。但是如果你可以採訪各個階層不同的人的話，那麼你還是有機會以不同族群的眼光和大家分享這些看法。你的採訪方式不一定要很正式。你可以趁機會問一問別人說：「你認為生命對你有何意義？」

在這樣的訪問下，你將會聽到很棒的故事。有一個八十多歲的老太太說：「我熱愛我的

生命。我每天都迫不急待的起床並且渴望不同事情的發生。」因為她是從講師所屬於的演講組織中退休下來，所以這名講師很樂於將她的情感在講台前和所有的人分享。在宣揚她及她的生活哲學之際，講師也讓所有的人都充滿光彩。

在訪問他人時，你可以依照不同行業及領域，適當的和你的聽眾分享

當我和我的母親訪談有關她所從事的食品服務業之後，我就能夠在演講上面和觀眾分享有關我母親對於她所從事行業的一些看法。在你採訪的任何一位朋友中，你都將可以獲得非常多的資訊及瞭解到他們的態度及看法。

我問我母親：「有關她在她在食品工作上最重要的是什麼？」她回答說：「我學到的是一種零錯誤的方法。如果你將一塊肉燒焦了，你可以將燒焦的部份切下來並且將其他的部份切成塊，然後再淋上肉汁並且配上一盤的炒麵。如果你所做的果凍還沒凝結好的話，那麼你就可以換上雞尾酒及準備一份上面覆有奶油的凍糕。所以沒有東西會浪費的。」在和所有的聽眾分享這個哲學時，這讓我和所有的聽眾可以結合在一起。因為他們對於我花了時間去研究他們在工作上的內容及問題感到非常的高興。一般人並不會期待你在演講當中使用許多的特別術語。然而在你花時間去研究他們的世界時，你必須要確定他們生活的情形。

有一個講師打了一通電話給某一個領域的專家並且希望安排時間和他見個面。我只是說：「每一個人都告訴我說，他在他們的領域中是一個眾望所歸的一個人，那麼我是不是可以花個十五分鐘和你見個面並且向你請益。」這個紳士欣然同意了。我這樣做讓我的聽眾非常的認同。

在訪問一些與聽眾同樣行業的重要人物之後，您就可以談些與聽眾需求及期望有關的故事及話題。

秘訣

你可以利用電視脫口秀來加強你的採訪能力。注意一下他們使用的問句是開放式的或是封閉式的。使用開放式的問題，受訪者將會談到許多的訊息，因為這樣的問法，受訪者將不會只有簡單的一個是或不是的回答法。若是你是用封閉式的問法時，這樣的問法主要是幫助你再次強調你所要的答案。

開放式的問法

你認為你對你的工作喜愛程度如何？

你如何去執行你所做的工作？

你在工作上所發生最有趣的事情為何？

封閉式的問法

你在這裏工作幾年了？

你對於你所做的工作喜歡嗎？

我可以在演講當中使用你所用過的故事嗎？

問一問其他的講師是不是同意讓你使用他們的故事

曾有講師將別人願意與他分享的故事弄成一團糟。

例如：麥克．布蘭得恩（Michael Brandwein）有一次有趣的經驗。那就是有一個聽眾在他的演講會上不斷地抄下他在演講當中的內容。另外相反地，就有三位男士坐著不動並且雙手交在胸前，什麼筆記都沒有記下來。在午餐休息時間，布蘭得恩正巧提早回到原本的教

室，他發現這位男子偷偷地在抄襲他在投影片上面的文字。布蘭得恩知道了這幾個男人沒有抄下筆記的原因是考慮到面子上的問題。布蘭得恩用了這個故事，而他也同意讓其他講師也使用他的故事，因為這樣的故事可能合適他所講的領域及溝通的對象。

如何執行一個很棒的採訪？

在你準備演講時，你可以要求主辦單位提供五位即將參與這個演講的人員名單。請拜訪這幾位朋友，並且利用拜訪的機會來發掘你想要的故事。當然，可能會有很多人沒辦法和你分享他們的故事，但是你可以試圖去引導他們進入狀況。你可以用這樣的介紹方式開始你的訪問：

嗨！我是珍・竇伊（Jame Doe）。我下個月將要為貴協會舉辦一場演講。如果你能給幾分鐘的話，我希望您能提供我一些您的看法。您的意見是非常寶貴的，因為我將以您的意見為基準來準備合適貴協會的演講。您是不是可以幫我一個忙？

現在可否請您回答以下的問題：

◆如果您晚上因為想到白天工作上面的事情而無法入睡時，您可能會想些什麼事情？

◆請您告訴我，您在工作上所發生的有趣事情。是不是有那些事情讓您及您的同事至今都還覺得好笑的？

◆告訴我，在工作上有那些事情是您最喜歡及那些是您最不喜歡的？

◆您工作上曾發生最大的誤會是什麼？

◆您工作上曾經發生最離譜的事情為何？

◆談一談您工作上最有趣的事情？

《新女人銷售戲法：如何行銷你自己及其他的產品》（*The Woman's New Selling Game：How to Sell Yourself and Anything*）的作者，凱羅・海亞特（Carole Hyatt）曾說，在你採訪別人時，你可以用這樣的方式來鼓勵他們：「你可不可以多談一些呢？嗯哼！這實在很有趣！」（然後再重複他們所說的最後一句話。）這樣他們一定會侃侃而談，並且赤裸裸的表達他的想法。海亞特並不多說話，除了想要問其他的問題之外。令人驚訝的是，她會以這樣一句話來做結論：「凱羅，你是我所碰到的朋友中最有魅力的一位。」有一位在《國家地理雜誌》

中擔任攝影師及講師的朋友，杜伊特・瓊思（Dewitt Jones）曾說：「我們身邊處處都是故事。」

要當一位好聽眾實在是不容易的一件事。但是如果你注意歐普拉・溫弗蕾（Oprah Winfrey）你將會發現所有的專家都是從客戶身上學習到最好的東西的。以下我們找出歐布拉的幾個重點：

1. 將這個人的意見反應給他。「所以當老闆大發雷霆時，你仍可以站在那兒。」
2. 強調或反應其情緒。「當你發現他的拉鍊沒拉好時，你一定會覺得很不好意思……。」
3. 鼓勵他繼續說下去。「接下來又發生了什麼事情了呢！」

偶爾你也可以打電話給無法支援你的人。你可以請教這位朋友並且請他推薦你可以連絡的人。每一個團體都有「包打聽」，一位熱心貢獻其訊息的人。

如何讓對方開口談論你的主題？

當對方認為他所談的事情有人在做紀錄時，這時他就會顯得有些正式及自我保護。如果你在打電話給對方時並沒有獲得很好的結果時，請不要覺得太喪氣。一些新聞採訪人員發現：最好的答案通常都是在採訪者將筆記本闔上並且將筆拿開時。當人把心情放輕鬆時，最能講出最棒的故事。但是要讓一個人將心情放輕鬆是要花上許多努力的。

在我擔任電視台脫口秀主持人期間，我發現了只要攝影師一喊「卡麥拉」時，受訪者的神經馬上僵了起來。有一次我們採訪了當地不動產協會的總裁，他是一位令人印象深刻的人物。他慵懶地坐在椅子上，並且一面調整他的太陽眼鏡，一面將他那已經被太陽烤焦的頭髮往後甩（因為我們是在伊莉諾州的大豆田而不是在加州海岸，所以這並不尋常）。在我們等待要開始錄影時，他一面審視他的指甲，一面看著他後面的頭髮。接著錄影人員已經要開始倒數計時了。在我們要開始錄時，這位貴賓開始有些不自在了。他將手從口袋中伸出來，而舌頭也舔著他的牙齒及嘴唇——口乾舌燥也是一個緊張的反應之一。在我採訪他時，該協會就限定了我只要問些只要回答是或是否這一類的問題。慢慢地，他心情也比較不會緊張了。

這時我問了他真正關心的問題，「你對於本地的房屋市場的預測如何？」這時他談了不少話。在進廣告時，他趁機調整他的太陽眼鏡並且問我，「你看我在電視上好看嗎？」

現在的重點是：當你深入受訪者關心的問題時，你就可以瞭解到他們的故事。人們只要一緊張就會忘記他們原本要談的事情。縱使是最害羞的人，當他們找到有興趣的事情時，他們也能侃侃而談的。事實上，當你看到他們能夠完全的投入去談論這些事情時，你自己也會感到非常的興奮（無論怎樣都要保持平穩的心，控制自己不要因而手足舞蹈了）。

用參與觀察法來蒐集故事

為了在演講之前達到一些效果，你可以以低調的方式選擇一些個人或是某機構的故事。有一次在一場演講中，我和一位同校工作了十六年的同事相鄰而坐，接著我們開始交談。「剛開始時，所有的小朋有都是我孩子的朋友。」她告訴我說。「我非常快樂的看著孩子們的成長。當他們回來看我時，我覺得很溫馨。」

雖然你可能會認為她對我所說的生活故事對你並未有任何的意義。我們都是學校的雇用人員，而她已經和我們分享了她的快樂來源。而在徵求她同意之後，我也將她的故事在講台前和大家分享。事實上，這樣的說故事方式可以反應出群體的情感。結論：只要與團體有關的事情都會獲得他們的熱烈參與。

如果你被邀請在一個餐會中說幾句話並且被邀請坐在主桌，這時你就可以挑一兩個精彩的故事在餐會中講給大家聽。

確定故事的形式

你所聽過或是說過的故事越多，你越能將故事的意義及形式安排的恰到好處。當你在聽一些故事時，不妨可以問一問你自己：這些故事對於我的生命有何啟示？我自己有什麼類似的經驗？

或許你認為是很重要的故事模式，但事實上它卻不一定永遠都是一種故事模式，它可能會偏向戲劇。游朵拉・威爾第（Eudora Welty）在《初寫作者入門》之書中談到這樣的戲劇偏向。

我的直覺——就是一種戲劇的直覺，帶領著我，讓我有正確的方向去追尋故事演說者：這個情景是充滿暗示的、建議、及對事情的一些可能性讓我們能夠更瞭解人。

如果你知道如何去尋找這些故事的話，那麼你也可以找到這樣的戲劇感的。只要你能夠這樣做的話，你會發現處處都是故事，雖然其中有兩三個人可能會反對你，請不要忽略了他們。羅伯・費雪（**Robert Fish**）請大家要注意的是：「當然有精彩的故事及瘋狂的戲劇是很棒的，但是如果你自己沒有的話，請你也不要難過。最重要的是你在一個故事當中可以看出什麼心得及重點。」膚淺的人是無法在精彩的故事當中看到其中的真義的。偉大的故事演說者是：「可以從微小中見世界。」

例如：在一個宴會中，你正好無意間聽到一位先生在談論他那有恐蟲症的老婆。有一天他們的女兒帶了一隻兔子回家，兔子跳啊跳的將其廚房的地板弄髒了，而她也沒有將地面清理乾淨。後來這位女孩的媽媽滿臉懷疑的走進了廚房。因為她當時沒有戴眼鏡而且心裏也很緊張，因此她把地面上的的兔子腳印錯看為一隻隻的蟑螂。一聽到她太太的尖叫，先生就趕忙的跑來，他看了他太太瘋狂地用腳用力踩著地板。

然而那是他的故事。由以上的故事可能也會讓你回想到有一天你的父親從睡夢中醒來，並且尖叫著說，他抓到了一隻正在咬他的跳蚤。後來發現那只是餅乾屑而已。因為這些屑屑沒有腳也不會跑，那一夜可能你的母親並沒有去問他為什麼會把餅乾屑誤看成是一隻跳蚤，但是——

以這個故事為例，我們也可以「看到全世界」。或許這個故事提供我們如何看這個世界的暗喻。我們會想到在床上被跳蚤咬到嗎?或是我們用筆寫下來生命的一些紛擾是因為人類心靈易受騙的結果?所有的選擇權都在我。不管你的決定為何，你都可以尋找這些不斷上演的主題及戲劇，然後你可以在生命上尋求一些變化。

摘要

你的生命當中充滿著許許多多的故事。然而其中有許多，你可能會覺得微不足道來和別人分享。如果你認為個人的故事是最普遍化的，那麼你就會打開你的心靈並且看到故事真正的價值。在這一章節當中提供了我們許多可以回想過去生活的方法。在與他人面談之後，你可以重新回味你的過去並且瞭解到別人的生活。如果你可以當一個觀察員的話，那麼你現在就可以發現許多的故事。

練習

1. 和一個朋友搭檔，互相協助來發展及發掘出新的故事。請兩個人一起配合做「從過去尋寶」的練習。
2. 在你和朋友交往中，請觀察你的朋友。他們講了那些故事？誰是最棒的說故事高手？為什麼？而這個朋友的故事從何而來的？
3. 請問一你的朋友，你以前所說過的故事中他最記得你一個？
4. 選一個人，和他談一談他的故事。請複習一下我們所談的：開放型問句及封閉式問句。請記住要先用開放型問句再用封閉型問句。
5. 請觀察以下的情形：在公園裏的人，在餐廳或機場的人，或是在運動場馳騁的人。寫下你所看到的及這些人的故事。

趣味演說高手——運用幽默故事的演講

在日常生活中找故事

在男男女女的臉上我看到上帝，透過玻璃中反映的自己，我發現了上帝掉落在街上的信函。每一張信函上面都有祂的簽名。

——Walt Whitman, *Song ot Myself*

在平凡的每一刻，都存在著千萬的奇蹟！

——Flavia Weeden, *To Walk in Stardust*

所有的故事都是一個家庭的故事。每一個傳說都是對大家琅琅歌頌並且在無意間就會聽到的。

——Richard Peck, *Love and Death at the Mall*

……我相信無論如何說故事對於人類都是非常重要的，不管是在那一個方面。它可以幫助我們更清處的看到我們的生命。

——Robert Boswell, *Writing for Your Life #2*, edited by Sybil Steinberg

學習以說故事者的眼光來看事情

如果我和你一同在一片苜蓿園中，我一定會比你更快找到四葉的苜蓿。事實上，你只要給我多一點的時間，我就可以給你一大把的苜蓿。為什麼呢？其實四葉苜蓿並不會在看到我來的時候就會自動出現的。那為什麼我可以找到呢？

我是在南印第安納州的一個小鎮上長大的，我以前一直很喜歡採集四葉苜蓿。一開始時，我什麼都沒有找到。後來我轉換了我的尋找方向。我領悟到了四葉苜蓿一定是長在遠離人群的地方。因為，畢竟它們是與眾不同的。當我一領悟到這個道理及新的模式來尋找偶數葉片的苜蓿時，我發現一切都變得很容易。

所以說故事的道理是和尋找苜蓿葉是一樣的：那就是要多注意他的原型。

原型

故事的主要靈魂有：角色、行動及結果。換句話說，行動及其發展也就是一種戲劇的型式。我們將之標上了「戲劇化的」，其意義是因為它隱喻著改變及暗示著一種行動。當戲中的角色表現的接近或遠離其結果時，就會有新的行動建立。生命的本質就是不止息的運動。我們不斷呼吸，不斷將陳腐的空氣吐出，吸入新鮮的空氣。我們會餓，也從不斷的痛苦需求到過多讓人無法消受。我們從生下來到開始學習，因為學習讓我們的慾望及期待有所改變。生命的節奏總是促使著我們從一個狀態到去體驗不同的狀態。

活動，就是我們狀態的移轉。我們一定看到過一些陳腔濫調的打鬥場面，有一個好人和一個壞人在懸崖上比鬥，我們可以很簡單的看到他們的活動方式。這樣的活動方式分為內在及外在的方式。當我們內心掙扎著做決定時，這樣的活動是屬於內在的。

當我們發現車庫門壞掉而去想辦法打開它時，我們知道這樣的活動是屬於外在的。當我們和另一半吵架時，這樣的活動是包含著內在及外在的活動——言語及手勢是屬於外在的，而感覺及情感又是內在的。當故事的角色、行動與發展交叉出現時，故事就會更加豐富。因為生命的不斷迴轉促使著我們去改變，因此處處與我們在一起。我們身邊總是充滿故事。

在我們仔細觀察身邊所發生的故事之後，你將發現這些都是角色、活動與發展等因素所交織出來的。在「小紅帽」的故事當中，其中的角色包括了：小紅帽、野狼、祖母及樵夫。在故事的發展情節當中就包含了野狼想要吃掉小紅帽的慾望。其結果就是假借樵夫之名出現。

故事的娛樂效果在於其中的角色不斷地聚散之間。當我們認同了故事中的角色、行動、其結果也讓我們上了一課，那麼它就是有其教育的意義。當故事中的人物、活動及結果帶我們進入更高的境界，那麼這個故事就非常有啟發的作用。

英雄之路

故事需要的產生是因為我們對於所認定形態的情感紓解。「哈！」我輕聲的說，「我知道接下來會有什麼樣的事情發生。」我們最喜歡的及我們最熟悉的故事發展模式就是英雄之路。說真的，這樣的故事模式以前就有，在古老的義大利紙牌當中，我們把這樣的訊息編在「核心的秘密」中。

英雄一開始出現的樣子，是天真無邪，快樂無知的像一個傻瓜。因為他一點都不知道危險的存在，因為他並不狡猾，所以他走路的時候總是昂首的面對著太陽，面對著善的來源。可憐的傻瓜，他永遠都無法看到腳底下可能有莫大的危險深淵，甚至如果他可以的話，他還是無法選擇其它的路，因為這就是他的命。

在危險發生之後就是連續的挑戰。這些挑戰可能是身體的，也可能是心靈上的。這些連續的挑戰迫使「這位傻瓜」放棄了他年輕時的單純信仰。他也常常必須手握著讓他覺得不快樂的真理。最後這位傻瓜還是戰勝了並且也成長了。這個成長讓他獲得了光榮與獎勵。

你一定都瞭解這樣的故事模式。讓我們來探討「歐茲的巫師」(**The Wizard of OZ**)這個故事。故事一開始是：桃樂斯(**Dorothy**)的狗——多多(**Toto**)，咬了隔壁鄰居的一個老處女。為了解救多多，桃樂斯只好離家出走，帶著多多一起逃亡。桃樂斯身心不斷的交戰著，這時她發現她已經來到歐茲一帶，這是一個處處都充滿危險的地方。一個又一個的危險不斷的出現，她殺了一個巫師，在森林之中無止盡的奔跑，然後才從一個大巫師那兒獲得通行的權力。然後這個巫師又給予她另一個挑戰：那就是桃樂斯必須面對一個最邪惡的巫師，他正假扮著她隔壁鄰居的模樣。最後，桃樂斯克服了自己的恐懼並且拿出最大的勇氣來對付這個邪惡的巫師。因此她發現了其實回家的路一直是敞開的——因為有一股力量是深藏在我們體內深處的。最後一幕是：她被歐茲的人所歌頌並且迎接她回到肯薩斯(**Kansas**)。

每一個英雄——桃樂斯也是一樣——都會一個類似的際遇。為了要成為一個真正的人，我們必須離開家來面對這個世界並且克服我們心中的恐懼，而當我們回來時已經完全的改變。當我們完成這樣的旅程時，我們又能更進一步的往下走。害怕這樣旅程的人是不會成長

的，他們的內心也不會真正的平靜，因為他們決定了讓自己陷於草耙症候群中，讓自己變成受害者。在草耙症候群中，我們不斷地踏在同樣的草耙上，讓自己隱沒在一堆草葉中。

英雄所面臨的是「致命的錯誤」，也就是根植在我們個性之中——同時拓展我們及限制我們的視野。

當我們過度使用我們的力量時，這時這股力量又變成了我們的弱點。所以在我們要出發之前，我們一定要充份的檢視我們的力量。桃樂斯的力量是一種美好的本能，但是從中我們也看到了她的弱點，一個缺乏個人原動力的夢想。在她精疲力盡的嘗試所有可能時，在她尋遍所有可能的救星之際（膽小的獅子、無心的錫人及不用大腦的膽小烏鴉），終於出現了更高的力量（一個善良的巫師）來拯救她。

縱使我們未曾離開肯薩斯州，但是生命中就是會有一些事件會來考驗我們的成長。社會中也有不同的儀式來為這些事件留下一些軌跡，這就是生命軌跡的儀式。傳統的生命軌跡的儀式包括了：上學、畢業、進入社會工作、結婚、為人父母、自己父母親的死亡、孩子的出生及離家、年老及我們自己的死亡。因為這些都代表著我們生命的里程碑，也常常產生了生命中最精彩的故事。

就如傑克・戴普茲（**Jack Zipes**）在《創意說故事：建立群體及改變生命》一書中所寫

的，「生命軌跡的儀式是世界上所有神話的根基」。在生命軌跡的儀式中，社會也可以確定我們的成長，並且可以加速我們去創造個人的神話世界。

演講者要如何運用英雄的故事？

在生命中經歷過風雨的講師，他會以他自己的故事為本，來協助聽眾踏上英雄之路的故事。相反地，一個不是身歷其境的故事在講台上講述時就會顯得單調乏味。因為電路不完整，所以電流就無法接上了。但是當我們在經歷我們的生命時，就如羅賓森先生所說的，「我們會神化它」。我們可能會將小小的失落變成冠冕堂皇。如喬治‧伯納所說的：「人類習慣於將自己視為很有能力的……擁有自然的的力量而不是恐懼、自私及不斷地抱怨這個世界沒有給你快樂。而這就是生命真正快樂的原因。」在分享我們的成長歷程時，我們會變成那樣的一股力量，並且會讓聽眾也將他們的生命歷程拿出來探索。

因此，如果你想要打動聽眾，這時你就必須在講述這些故事時洞悉故事的幽默及發展的動態。你說的每一個故事都必須告訴聽眾你是如何結束這個旅程的，而且這當中還必須包括個人的發現及責任。在最後的分析之後，從故事中你還必須告訴聽眾你是如何到達這樣高的

地位。這也就是說，你必須清楚的告訴他們你在何地及如何的受過傷害。不受過這樣的傷害，我們是沒有機會成長的。這樣的傷害及弱點對於許多演講者而言，可能會是一個絆腳石，因為他們認為在講台前應該是誇耀他的豐功偉業而不是談他的成長歷程。但是只有我們敞開心門時，我們和聽眾之間的溝通才不會有障礙。我們的弱點反而讓聽眾願意花時間傾聽我們的話。

當我們擁抱故事時，我們自然就會產生故事。心理學家認為影響人類成長的因素是拒絕及否認。但是當我們能夠擁抱我們所有的經驗時，我們也同樣的能夠接納自己的缺失。只有在那樣的情況下，我們可以打開所有的可能性並且向前邁進。

「事實上，在我們生命中的每一個階段都有一個禮物等著我們，一個可以指導我們有關人的一切的禮物。」凱羅・皮爾森在《英雄論》一書中說。你不是一開始就是一個完美的人，你一開始就只是個凡人。如果你在演說當中沒有分享到你的成長歷程，你就沒有傳遞希望。這個世界是充滿悲傷及失望的。你無需在加重聽眾的壓力。但是你有責任當一個改變別人生命的人。如羅賓森先生說：「每個人在童年時代都可能受過傷，那就是你今天所要做的重點。身為一個講師，你有責任深掘你的內心，你的靈魂及碰觸你生命中的傷痕，去體驗，去克服，並且講出來和你的聽眾一起探討，讓他們的生命也能有所改變。」

願意讓故事發展

可憐的宙斯，希臘的天神，一直承受不斷的頭痛。火神，海菲特司（Haphaetus）看到他的痛苦後，抓了他的工具往宙斯的頭上砍去。雅典娜（Athena）就從他父親的頭顱中誕生了。

只有在故事中才有從頭顱中誕生的情節會發生吧！

當朱力安・藍儂被問到是如何寫出他那炙手可熱的歌曲「波樂特」（Valotte）時，朱力安・藍儂說：「這首歌是霎那間產生的。」偶然的，故事就出現了，盛裝以待的出現在宴會中。有時候，它又像是幼苗一樣，我們則需像園丁般悉心呵護它，讓它可以開花結果。

菲力普・柏曼（Philip Berman）和康尼・高登曼（Connie Goldman）合著的《不老的靈魂》之書中寫到一位劇作家，諾曼・卡爾溫（Norman Carwin）看到詩人，卡爾・山柏格（Carl Sandburg）隨手從他的口袋中抓出幾張紙來。這些紙張上面都是一些詩的草稿，這些詩卡爾溫認為是珍寶。卡爾溫問他為什麼不出版這些詩的手稿呢？山柏格回答說：「因為我還沒有經過這些詩的同意。」

大鋼琴家，范・克立邦（Van Cliburn）在一家唱片公司灌錄他的錄音帶。當他被問到為什麼這些錄音帶遲遲還不發行時，他說：「我是以長遠的方向來看待我的人生。」因為這些錄音帶還不能給大眾欣賞，因為克立邦也還沒有經過這些歌曲的考驗。

國際演講協會的首任女會長，佩崔夏・弗立普曾經花了許多的時間及努力在她的故事當中，她說：「畢竟，一個好的故事是可以使用許多年的。」

羅賓森先生也是類似這樣的演講者，他也同樣會花上許多年的時間來研究一些故事。還好對大部份的演講者來說，我們都可以在故事還在發展當中就可以將它與別人分享了。縱使你的演講是為了作品的產生或是為了灌製錄音帶，你都可以在每一次的演講當中不斷地改進。因此馬克・桑波（Mark Sanborn）說：好的講師是「欺騙昨日的聽眾」，因為他們的演講是常常修正的。

摘要

所有的故事都是與戲劇的模式是一樣的：人物、建立行動及結果等。只要你懂得安排這些要素來發展，要尋找故事就容易多了。從「英雄之路」中提供了我們如何辨別有趣故事及永恆價值的故事之間的不同。為了走完這些旅途，這位英雄必須從無知走向悲劇，然後在慢慢地成熟，最後接受了他自己的缺點以嶄新的眼光往前走。一個故事的發展不一定會很快或是很容易，我們必須有研究它的準備。

練習

1. 拿一本神話故事、電影或是小說。請指出裏面的人物、建立的行動及其結果。
2. 請找一個與「英雄之路」類似模式的故事。將它告訴你的同班同學或是你的故事合作對象，告訴他們為什麼這個故事對個人的成長有其重要性。

塑造故事

我們進入了我們的天地、我們的心靈深處及我們的秘密，然後從中將這些組織起來。

——馬修・法克斯，作品的再造（The reinvention of Work）

讓人印象深刻的口才有四大要素；偉大的人、偉大的情景、偉大的言語及偉大的傳遞方式。

——詹姆斯・修姆斯，「列隊歡迎」

假設你正對著小孩講故事。你在他張大的雙眸之前，將故事以直覺的方式直接改編、刪減、擴充等等。這樣他們將會對整個故事有興趣並且從頭到尾都被吸引住。

——布琳達・幽蘭（Brenda Ueland），「如果你想要寫作」

編造故事

在我小時候，每年的夏天我都會參加在印第安納州的文森納女童軍活動。除了聖模師飲食店（eating S'Mores）及愛嘮叨的喬依（Joes）之外，這個夏令營最棒的就是工藝課了。帶著壓舌器、膠水、海報、畫筆及亮金片，我們做了精彩的禮物，像是家庭相框、鳥屋、鉛筆盒及筆記盒等。在這樣炎熱的天氣中，我們埋首在我們的作業中，用我們胖胖的手指壓摺著這些小東西。

每隔幾分鐘，我們都會抬頭看一看擺在我們眼前的樣本。在眼前作品的鼓舞之下，我們都投入了最大的努力在手上的作業上面。

編造一個故事也是要投入同樣的專注、耐心及眼光。當你在判讀你心中的想法時，你也可能將手指繞在一起。但是，就像我在童軍時代一樣，我可以依循某個模式來完成一個偉大的作品。編造故事這個技能是可以學習來的，你可以一次編出一個故事來。

主要元素

在童軍營時，指導的老師一定會先確定我們每個人手上都有勞作所需的材料。所以好的故事也一樣，他們都包含了同樣的元素：

◆建立背景資料，包括人物的發展等。
◆行動、建立衝突。
◆故事高潮：故事中新的發現、決定及衝突。
◆妙語、雙關語及引起爭端的用語。
◆大團圓或是結局。

你可以運用以上的任何要素來創造你的故事。

建立背景資料及人物發展

這些人物及背景將幫助你找回你早已忘記的故事。有一位有名的演說家，他的一個故事是在俄亥爾機場走在一群蘇格蘭人後面時所產生的。他想起有一次他從馬上摔下來，在那個事件中有一個馬夫，因為這個馬夫有一種蘇格蘭腔的英語，因此在這群人後面讓他想起了這個馬夫。

觀眾對於故事中人物的注意力，將會與其對該劇中人物的同情心成正比。因此在故事中的許多壞陰謀會被有同情心的角色挽救回來。而好的事情卻會被我們所忽略的角色所破壞。

秘訣

請不要誤解「同情心」這個字。你不用因為故事中角色的關係而感到抱歉。伊珊・康尼（Ethan Canin）曾告訴安・拉蒙特（Anne Lamotte）說：「沒有任何事情要比一個令人喜愛的說故事者更重要的了。沒有比能夠掌握住故事更好的事。」我們可能會笑一個說故事者的問題，我們或許會認為他的道德上有某些問題，但是如果他沒有掌握住我們的興趣，那麼我們也可能不會選擇他的故事。

當你是一位故事的演說者。如果你並不討好，那麼你的聽眾可能會讓你出局。有一個知名的演講家在其演講開始時就先漏掉別人大名。每隔一段時間他就會出現這樣的話語：「所以IBM公司的總裁問我」或者是「在我回電給歌林公司的董事長時」。沒有幾秒鐘之後，這些群眾都顯得很不高興。他們不知道他到底要證明些什麼。不管他做了些什麼，他的驕傲自大得不到聽眾的情感。

是什麼因素讓一個說故事者得不到聽眾的喜愛？是自大、驕傲、其無懈可擊或這是缺乏成長呢！當演講這不斷不斷地發生同樣的錯誤時，那麼可能會引起聽眾尖叫說：「夠了！可以了！我們要有生命的東西，你可以滾了，不要浪費我們的時間。」

我們並不期望一個演說者是完美的。事實上，我們喜歡的是一個可以把他們的好壞都說出來的人而不輕視他們的人。當一個人做一分真正的工作。做一個有缺失的作品，而不要只是自大及受害的情節在裏面。

秘訣

好的故事背景可以很快地將聽眾帶入故事當中。當你想到背景時，請靜下心來想一想你曾經住過或是去過的地方。在夏威夷，莫納奇（Mauna Kea）的高爾夫球

洞的背景下，讓我們回想起在火山岩附近衝浪的巨響和高夫球桿在敲球時突然的斷裂聲相互應和著。這是一個很棒的故事開端，不是嗎？

你也希望能夠考量到預測的問題。關於過去的訊息，我們稱之為線索。而關於未來的訊息，我們稱之為伏筆。所以在你編新的故事時，你可用伏筆的方式來提示下一分鐘可能發生的事情。你是否注意到了一些恐怖片中是以怎樣的手法讓觀眾知道後面將有可怕的事情發生呢？他們可能會運用恐怖的音樂來事先告知這後面即將發生的事情。記得「大白鯊」這部電影嗎？在鯊魚即將出現之時，特殊的音樂就會出現來事先向我們預告。在電影的中途，我們會看到一些人會瞇起眼睛來，然後叫著「我不敢看！」

在《冷血》一書中，杜魯門・卡普特（Truman Capote）提到了一個很會運用伏筆來描述故事並且製造故事張力的說故事大師。卡普特會一遍又一遍的將生活中的小細節慢慢陳述。他只要用小小的伏筆暗示，就能夠讓讀者預知在下一幕中將會有人被殺。最近有一位作家，伊莉莎白・喬治（Elizabeth George）在《只為伊蓮娜》一書中用同情的態度寫了有關一個女人的一生。喬治在書中只用了一句駭人話語就讓我們預見了故事後續的發展：那就是：「然而她只有十五分鐘的時間好活了。」

運用伏筆的方式時，你不用直接說就可以知道謀殺案的發生。你可以從一些小小的變化及在鏡頭上看見一個人走路時很快地轉進另一個巷子等等，都可以讓我們察覺到其身處的情境。

看看你是不是可以指出以下故事中所運用的伏筆在那裏：

當瑪麗登記住進旅館之後，她馬上從她的房間打電話給她同一組的訓練師，艾爾弗烈特（**Alfred**）。

「你知道要怎樣才能到達工廠的訓練場地嗎？」她問道。

「我知道！我去過那裏幾十次了！我還買了地圖及方位圖呢！」

他們兩個決定明天一早六點就碰面，然後兩個就互道晚安睡覺了。瑪麗心裡實在有點擔心，她想起上一次和艾爾（Al）一起出來的情形。他對於所謂方向的定義和她所想的實在有點不同。接著她就打開了氣象頻道：「下雪轉為冰雨。」

早上一早吃過早餐之後，他們就將所有的書、講義及說明圖片等等資料搬上了艾爾所租的車子。艾爾交給瑪麗一份租車公司給他的一份影印地圖。在每一個街口都有租車公司諾大的招牌，上面還有交車地點的街名。在右手邊還有許無法辨讀的筆記。當他們從停車場出來時，斗大的冰雨打在他們的披風上面。

「艾爾・你是不是走錯路了?」瑪麗問。

「不!不!這是我上一次來過時開過的路。」他一面說一面啜飲著咖啡。

「但是工廠是在南方而我們卻是往北方在開。」瑪麗說。他們繼續經過兩個收費站。上面的路標寫著「米爾瓦基」(**Milwaukee**)。瑪麗問第三個收費站的工作人員,「羅斯蒙(**Rosemont**)是往那個方向走?」這位灰白頭髮的服務人員說:「大概要個把鐘頭,往另一個方向開。」

艾爾將車掉回頭,他們慢慢的開過俄亥爾擁擠的交通地帶。車輪陷在積雪中。「我們快遲到了!」他低聲的說,然後用拳頭敲打著方向盤。瑪麗坐在後面的乘客座中,她心裏有點嚇到,因而她試著用她以前學過的拉瑪茲法(**Lamaze**)來呼吸。

接著艾爾打破沉寂:「將其他不要的東西統統丟掉。我們車子快沒油了。」

你注意到這其中所蘊含的危機了嗎。瑪麗之前所關心的問題,現在已經顯現了。因為在情節中加入了天氣的預測,因而增加了戲劇性。你也可能會知道結果可能不是很好的。

運用伏筆的方式可以製造出戲劇的張力,讓我們的觀眾可以持續注意我們的故事情節,縱使在這一段戲中沒有太多的劇情活動。在一個有精彩活動的故事中運用伏筆的方式更能創造出震撼人的結局。在「三隻小豬」的故事中,它不斷強調著野狼到小豬家的危機,這同時也創造出故事的高潮及保持故事的有趣性。

你是如何運用伏筆的呢？好好寫一寫這一章節後面的作業吧！看一看故事的結局，然後想一想如何將這些引子提前放入你的故事中。

行動及建立衝突性

我們在這裏研究一些可以使故事向前推動的動機。你可以問一問你自己：

◆接著下來會發生什麼事？

◆我看到了什麼？聽到什麼？聞到什麼？嚐到什麼？感覺到什麼？注意到什麼？

◆劇中的主角做些什麼？

在這個故事中瑪麗及艾爾兩人在天氣變壞及時間不斷消逝中來到。所謂的行動不一定是在身體上的。我們發現一些問題或是克服一些問題時的心裏變化也算是一種活動。

可以代表內心活動的字眼包括了：展現、創造、想、決定、感覺、下結論、污損、檢查、揭發、同意、發現、分享、試著、避免、幫助、決定及面臨等。

高潮

所謂故事的高潮就是一個行動的頂點。如果你把一個故事看做是一個雲霄飛車的話，我們可以將車子往上爬的情景當成是故事背景。當你在頂點上猶豫並且看到接連的上下坡時，我們就可以安排其中的伏筆。高潮的出現是在你乘坐的車子往軌道上下滑，一直滑下去，而你在此刻剛好離開了你的座位。

在故事的高潮出現時，所有的事情都到了極點。所有不良的因素都會讓故事變得較為鬆散。如果故事是不可信的，那麼故事高潮也不會出現。一個故事若是可以在上帝的掌握中，因而劇中的人物也不會陷入為難當中，那麼這樣的故事也不會令人滿意的。因為觀眾希望看到故事中的人物是如何面臨困難並且在困難中成長。

在「西爾瑪及路易斯」（**Thelma and Louise**）這部電影中，其故事中的高潮是在最後一刻才出現的。戲劇最後的結果是非常讓人驚訝的，因為在劇中的兩位主角似乎已無選擇，因此他們為自己找出一個新的選擇方向。

並不是所有的故事都是讓人驚悚的。但是，每一個故事的高潮都必須在你的掌握中讓觀眾覺得滿意。

妙語、雙關語及引起爭端的用語

雖然妙語所指的是一個笑話的高潮，帶動了故事高潮點的一句話或是一段對話，我們也稱之為妙語。要瞭解一個故事中的妙語其實非常簡單，你只要略去這些句子及段落，看看到底會變成怎樣就行了。如果沒有這句妙語，其前面所描述的資料都是沒有價值的。

這種妙語，讓講師與聽眾之間有機會去體驗詹姆斯·喬埃斯所說的神蹟出現或是一種危機意識，那種意識一旦介入就會完全改變原來所有的內容。

這樣的心靈對話可以指引我們的聽眾體驗我們成長的過程，讓他們分享這些經驗，然後在最後發出這樣一聲：「啊哈！」

在「西爾瑪及路易斯」這部電影中，並沒有任何的妙語或是雙關語，但是我們可以從鏡頭中看到兩個人將他們的車從懸崖旁邊開走的「絕妙行動」。

大團圓

「Denouement」（大團圓）這個字是一個法國字，從字義上來看，它是「沒有打結的意思」。大團圓帶給我們的是某個情節的結果。在衝突中還能在最後有一個好的結果。在比較

短的故事當中，這個部份可能會簡短一點或是不存在。

我們可以從圖6.1中看到一個故事的發展。我們並且可以知道故事是如何一步步往高潮的情節中前進。結局只是要讓觀眾放心而已。

其他故事的考慮要點

一個好的故事必須同時存在著許多的要點。除非你是以敘述性的手法在說自己的故事，否則你一定要適當的安排故事的結構讓它可以達到最大的效果。

有許多的故事考量要點將會決定整個故事在演講中的效果。當你無法將故事整合、無法修改散漫的文章或是無法抓住重點，那麼你可能忽略了這些要點。在運用這些要點時，你必須要為不同的故事做適切的安排。

圖6.1　故事的模型

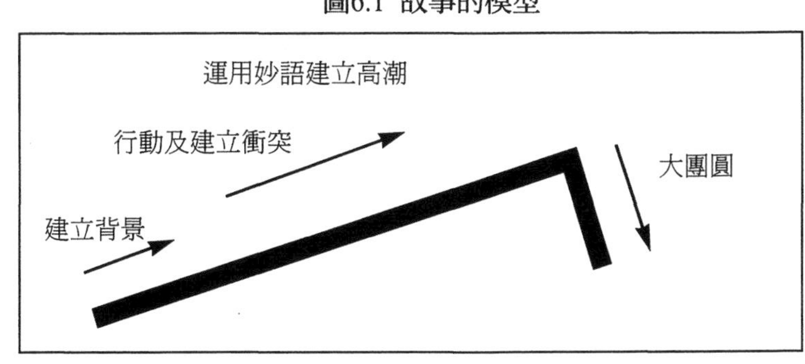

發言權

這個故事是由誰所說的?是你，講師，以自述的方式來說的嗎?如果是這樣的的話，那麼你就要以第一人稱及事件發生的次序來說。例如：「我醒來，看到鬧鐘，然後我……」

另外一種發言的方式可以：改變你——我的比重，用第三人稱的角色來說這個故事。這樣的方式可以讓主講者對故事下評論或是重新安排時間的次序。

化身

你要以你自己的立場來說這個故事嗎?或是你要以另外一個人物來出現?有許多的講師會打扮的像一些過去知名的人物，並且以他們的聲音及樣子來表演。

例如基尼・古利斯曼（Gene Griessman）是以模仿亞伯拉罕，林肯聞名。拉爾富・亞肯伯（Ralph Archbold）就是富蘭克林的化身。瑪麗貝絲羅奇（Mary Beth Roach）就是另一個梅伊威斯特（Mae West）。

我們不要談的太遠。就以麗姿克堤絲（Liz Curtis Higgs）來說，她自喻為「在這繁忙世界中最美麗的女人」。而愛麗絲（Alyce Cornyn-Selby）也得意的說她自己是戰地新娘。這些人物主要來自於你在舞台上的印象。「化身」一詞主要來自希臘文中的「面具」這個字。我們都戴著面具出現在這個舞台上，這個面具表現及演出的就是我們本身。嚴格來說，你一定要確定你這個化身和你所傳遞出來的訊息是相連貫的。要製造幽默的效果的話，你就可以演出這個化身和他實際生活的差異。

講話速度

有一個偉大的統計學家兼教師，愛德華・戴明博士（Dr. Edward Deming）以九十高齡受邀上台講了一堂「全面品質管理」的課程。戴明博士所上的這堂課長達四天。第一天，所有的學生都是慕戴明博士之名而來，來一睹這位教導日本人如何生產出高品質產品的教授風采。但是這樣的興奮度到了第一天的下午就已經消失殆盡了。約在下午三點鐘時，打瞌睡點頭的人在講堂中此起彼落。突然間，有一個已經呼呼大睡的同學的筆掉落到地面上發出「匡啷」的聲響。這位統計學家也是一位天才。因此他決定離開講台一下，讓大家需要他。這其中最大的問題是他的聲音缺乏變化，就像是節拍器的頻率一樣，宛如老爺爺牆上準備要報時的時鐘一樣。

除非你現在是世界知名的人物，像戴明博士一樣，否則你最好改變你說話的速度。不管你是在說故事與否，你都可以將速度加快、放慢或是加上一些變化。其中有一個原則要把握：在講到故事的雙關語或是妙語時，請一定要放慢。當你要加快你的速度時，請一定要謹慎。因為常常有些講師講的太快，因此聽眾會來不及掌握住重點。記住：當我們感到很興奮——舞台是一個有氣及活力的地方——我們自然將聲音及速度加快。請調整你的速度，雖然你自己知道你的聲音及速度，但是聽眾的認知卻有很大的不同。

以圖表表示

一旦你要準備一場完整的演講時，你就有需要以圖表的方式來表示情感的高低點。納歐米羅德（Naomi Rhode）建議我們運用圖表來衡量你在一個實況演講中的情感曲線圖。

只要將你的演講內容重點標出來，特別是故事及練習的部份。然後再將需要強調的地方用（+）號來表示，而語調要下降的地方用（－）來表示。然後在完成之後，再做一個整體的檢視。一般聽眾是無法忍受太長時間的悲傷及不高興的情緒。你必須在內容中加入希望及幽默。

你或許希望藉此讓你故事中的主角更加有說服力。你必須讓這樣的表現能夠圓滿並且讓你的聽眾瞭解其學習內容。

秘訣

請不要講一個令人傷感的故事，卻在結局沒有給聽眾一絲絲的希望。你可能希望在描寫一個滿腹委屈、未經世故的人之後，馬上在故事之後就搖身一變成為上流社會的人。

有些講師曾經說過：如果你在演講中所用的結局是負面的，那麼你將無法獲得聽眾的熱烈歡迎。我們說熱烈歡迎可能是言過其實了，但是在內容中還是免不了要有巧克力、性、愛及金錢等。如果你演講的目的是希望讓聽眾留下深刻印象的話，那麼你就有必要重新想一想你準備演講的內容。

有一首由馬克桑邦所寫的精彩詩篇，這是首次出現在莉莉華特（Lily Walters）的文章「當你死在舞台前時，你該怎麼辦！」這或許會改變你對於經常被熱烈歡迎這句話的看法吧！

我今天沒有得到熱烈的掌聲

我今天沒有得到熱烈的掌聲，
但是後來我記得有一位得了癌症的女士，她就坐在前一排。
在我談到有關克服周圍環境的問題時，她頻頻點頭！

我一星期前沒有得到熱烈的掌聲，
但是有一小組的朋友，在會後留了下來，
他們買了幾瓶啤酒，邊喝邊和我一起分享他們的故事。

我一個月前沒有得到熱烈的掌聲，
但是有一個經理在上完課後遞了一張紙條給我，
他說，我的演講讓他燃起重新一試的勇氣！

我最近得到了許多熱烈掌聲，
我做了一場很棒的演講，但是在掌聲背後，

我幾乎記不得當天我談了些什麼。

我今天沒有得到熱烈的掌聲，

但是，我卻得到與人類精神上的溝通！

重複主題及金玉引言

重複主題就是一個演講中不斷出現某個觀念。而金玉引言就是針對特定的語句重複的說明以為強調之用。當某個幽默的情節又再度出現時，我們稱之為「召回」（Callback）或是一般所說的「連續的笑話」。一位訓練師，愛倫道林（Allen Dowling）在她《昂首的訓練師》一書中提到：「在故事中要運用『召回』的規則是：只要一運用就要能馬上讓聽眾微笑。」

在國際演講協會成員，盧海克勒的演講當中談到有關如何才能讓聽眾一聽到這些重複主題時就知道演講即將結束。他引用了愛瑪·龐貝克所做的一個演講。

當她走上講台時，龐貝克小姐用手去揪了一下她的頭髮。這樣的一個手勢或許並不自然也不正式，但是這卻是她個人的一個正字標記。龐貝克小姐以一種非言語的方式來展開她的演講，她說：我和各位都是一樣的。在她演講結束之前，她又出現了這同樣的一個動作。不管是以言語或是非言語的方式來表達，前後的主題都能有一致性並且讓聽眾知道故事將要結束。

愛瑪莉・奧斯丁（Emory Austin）則常用她母親常常掛在嘴邊的一句話：「一個不平凡的人會怎麼做？」做為其金玉引言。奧斯丁在一開始就用了這句話。然後她在每段的演講當中都還會重複問這句話。因此，聽眾可以在演講當中體會出奧斯丁的母親對於她生命的影響。

佩崔夏・弗立普也運用了類似的金玉引言在她的《如何一夜成功》這本書中。一開始的時候，人們都會認為她是一夜成功的，但是她都會在後面加註一句：「這只花了我十五年的時間。」這樣的一句話，點出了弗立普的努力及用心，最後才有這一本的作品出現。每隔一段時間，她就會重複提到：「這只花了我十五年的時間。」她以這句話來笑那些認為成功是輕而易舉或是不需要努力工作就可以辦到的人。

循環的文構方法

循環的文構方法可以運用在大的故事中或是小的片段裏，這可以讓眾知道這一個故事即

將結束。你一生中一定看過或聽到過這樣的方法，只是你可能沒去注意它罷了！在循環的文構方法中，故事最後會以前面所提的事情做為一個結束的因子。《創世紀》（*The Book of Genesis*）就有這樣循環性的文字不斷地出現：「上帝召喚著……上帝所造……上帝所說」等等。在「三隻小豬」的故事中，故事一開始是這三隻小豬離開了家，而故事的高潮出現在這幾隻小豬的家被摧毀了，而故事的結尾是他們在豬老大家舉辦了一個舞會。而「歐茲的巫師」這個故事則是由桃樂蒂離家開始，而在她又回到家中結束。在《飄》這本書中，一開始是歐海拉先生告訴他的女兒說：「凱蒂（**Katie Scarlett**），塔拉（**Tara**）是你的親生骨肉。」而故事結束這一幕是凱蒂就站在塔拉的側面。

以下是這種循環的文構方法的例子：

> 我從小就在印第安納州的一個名為文森尼（**Vincennes**）的小鎮長大。但是我母親的母親，也就是我的外祖母住在南卡羅萊納州。每年夏天，我媽媽都會將我和妹妹抱上車，然後開車回到南卡羅萊納。對我而言，這一趟旅程是我生命中非常快樂的時光。我們都是在天還沒亮之前就起床了。外面還是黑漆漆的。露珠兒停在草上，蟋蟀正在唱歌。我喜歡這種世界上什麼也沒有的感覺，除了車前燈照到的地方

之外。當車燈照到的地方我才看到了樹、房子及兩旁的小動物。天空漸漸地由黑而轉為灰白，然後漸漸地天空升起暖黃色的太陽，這樣的景色對我而言有一種神奇的感覺。似乎生命之中處處都有生機，處處都有可能。因此我在心裏幫這樣的早晨取了個名字，我叫它為南卡羅萊納之晨。（演講繼續進行而在結尾是這樣的……）

我很早起來，外面的天空還是昏暗的。我對著睡夢中的第二任丈夫道再見。我又走了進來吻一吻我那四歲的兒子。我上了車準備趕一場演講。外面仍是黑漆漆的，但是當車前燈亮起時，房子、小狗及樹木就突然出現在眼前。這時的天空仍是非常的漆黑。但是當它開始轉為灰白並且透出光芒時，我知道它漸漸地會變成紫色、橙色等。霎那間，這溫暖的陽光充滿了我。這南卡羅萊納的早晨又出現了。

大家一定可以看出來：太陽在裏面代表了雙層的意義。太陽升起所代表的是一個新的開始，而在我的演講當中，它所代表的是生命中重獲的愉悅。因為在這一段故事當中提到了色彩，聽眾可以從這些色彩當中升起他們的想像力。

聽眾的參與

演講者的故事可以事先安排一個舞台，讓聽眾去參與並且享受其中的歡樂。在聽眾的參與之下，常常可以提升全體的精神及其注意力。

盧海克勒是一個在不同層次領域中都可以讓觀眾參與活動的大師。他會在演講的過程當中運用不故事及其他元素，並且將這些概念灌輸到聽眾的心裏。在演講當中，他可以很自然地讓聽眾用遊戲的方式來進行。有一次在對國際演講協會的演講當中，他邀求全體聽眾一起宣誓：「請大家跟著我唸！」他說。「我，請說你的名（某某人），在此鄭重的宣誓。」所有的聽眾都跟著他一個字一個字的說，包括說了「請說你的名字」這句話，而沒有用自己的名字宣誓等。

在取笑這些聽眾上述的錯誤之後，海克勒又建立了一個情境。他說在南方有人曾經犯了一個很嚴重的錯誤，其他的人就會喃喃的說：「保祐你心。」海克勒先生說：「『保祐你心』並不是真正的保祐你之意，而是暗自的嘲笑你：『天啊！你怎麼那麼笨啊！』」

現在他安排了舞台。海克勒邀請聽眾喊出：「保祐你心！」當他說到有人笨的時候，他們就可以這樣來做。

我們發現海克勒並沒有講一個完全的故事，但是他創造了一個可以讓聽眾參與的故事。如果你有參與這個課程的話——而他的課程只有站位的話，你在離開的時後一定會急著告訴你的朋友發生了什麼事。請注意，所有傳統的元素都在裏面。首先，我們看到了建立的因素及背景（請人們宣誓），然後是故事的高潮（人們故意說：「請說你的名字。」），最後才是結果（解釋說南方人在這種情形會說「保祐你心」）。而故事的「再次喚回」的動作是發生在課程進當中，他們大聲叫道：「保祐你心。」

幽默大師，卡恩・布斯曼（**Karyn Buxman**）所建立的聽眾參與模式是這樣：他會請所有的聽眾起立並且給自己掌聲鼓勵。然候她建議如果任何人覺得自己有需要在生命當中得到更多的肯定，那麼他可以在演講進行當中要求接受大家的掌聲鼓勵。這樣的方式，她做的非常好。在她的演講當中結合了幽默及趣味，並且非常的自然。另外在聽眾的參與之下，也將會趣味橫生。有一次的演講當中，一個坐在後面的女人跳起來並且大叫：「我需要一個管狀結紮的人。」想一想，聽眾對於這個消息的反應如何！

秘訣

你演講的時間越長，就越需要考慮觀眾的參與問題。因為考慮到他們花在聽眾面前的時間及確定聽眾能夠保留這些新的資訊。訓練師在考量聽眾的生涯之前應先考慮其參與程度。相反地，政黨政策的的主講者可能傾向於忽略聽眾的參與部份，因為基本政策必需是簡短的並且以主講人為主。所有的演講人都可以利用聽眾參與的技巧來改進其影響力。

邀請聽眾參與的程度可分為六個層級：

◆第一層：問一問聽眾有關他們內在的問題：「你有沒有想過，在你的一生當中，你看過幾次太陽升起？」

◆第二層：讓他們參與一個簡單的外在問題。你可以請他們舉起手來並回答這樣的問題：「你們當中有誰去過伊莉諾州的玻耶里拉（Peoria）？」

◆第三層：請他們做一些不需麻煩別人的動作：「請你交叉你的雙腳，將這隻交叉在另一隻上面。」

◆第四層：請他們與另外一個人談話：「告訴隔壁你的名字」
◆第五層：請他們起來活動：「請大家走到教室後面。」
◆第六層：請他們一起玩一個遊戲或合力做一件事：「請拿出一張紙及一隻蠟筆來，請大家分組進行，請畫出你工作的場所。」

你一定可以看出來，每一個層級的參與層度都不同。每往下做一層級，你就會感受到更大的風險存在。我們有兩個方式來減少這些風險：(1)向大家解釋你為什麼要大家做這些事；(2)和他們一起笑他們心中的感受（「我知道，講師要我們移動時，實在是很討厭的事！嘿！你竟然花了那麼多的時間選了一張好椅子」）。一定有很多人都很不情願移動位子，但是一旦他們投入後，要他們注意實在是有些困難，因為人們都喜歡和別人接觸。

有許多的講師及說明者都不敢進行這一類的交流活動，因為他們害怕無法控制這些聽眾。但是我們常常在其好意下受其擺佈，只要我們不要忘了讓聽眾參與，那麼我們將會做得很好。講師與聽眾之間的高度交流就能保證其高度的參與，並且可以創造出高度的評價。

寫出精彩故事的基本原則

故事要精簡（Keep it Short and Simple）（KISS）

羅伯費雪相信，如果所有的人都能將他原本的故事刪減掉百分之十到二十之間，那麼這個故事的效果會大大提高。這也就是說：一個十分鐘的故事必須刪減掉一至二分鐘，而一個五分鐘的故事則要在刪減掉三十秒到一分鐘。

將你的故事刪減至骨幹，只保留其精華，然後再重新建造。我們有一些快速的方法：

◆故事的長度必須與其衝擊性相當。也就是故事越長時，其所需的衝擊性也要越多。故事越短的話，其所需的衝擊也會越少。

◆故事越長其所需的角色越多。

◆故事越短，越需注意其演說的緊湊性。

秘　訣

挑戰你在故事中所用的每一個字。問一問你自己：「如果我將這個字拿掉的話會有什麼結果？」每一個字及每一段故事都要能夠讓故事前進。如果不行的話，那麼它就是無用的。請將它丟掉。

運用重要的細節

威廉金瑟先生稱之為「看得見的細節」。我們都是透過我們的五官來瞭解這個世界。好的演說者會運用我們的感官讓聽眾進入我們的故事當中。貝瑞曼（Barry Mann）先生說：「我在故事中所提到的細節，雖然對故事的情節發展沒有很大的幫助，但是卻可以讓聽眾有所反應並且投入他們的情感。如果把你的故事當成是一個房間的話，那麼這些重要的細節就可以說是它的門了。」

以下是一個缺乏重要細節的故事範例：

她坐在搖椅上織襪子。

現在，我們在這句話加上一些細節。

我祖母坐在橡木椅上，她正在織一雙藍綠色的襪子。

我們只要將其中的重要細節稍加改變，我們就可以改變聽眾的心。我們這樣試試：

我姐姐坐在一張柳製的搖椅上，她正在織一條紅綠色的圍巾。

以上三個句子，都是有關三位女性在搖椅上編織，但是只要其中的重要情節一改變，在我們心中的想像就改變了。

秘訣

回顧你的故事，盡量用一些方法運用你的五官。然後看一看每一個故事，想一想故事的景象如何。最後，問一問你自己，你可以如何運用這些重要的細節來加強你故事中的角色。

有一個發展故事人物的好方法，那就是將一個人的奇癖來和大家分享。當我提到我外婆時，我就會提到她那藍色的網球鞋，她在鞋子裏面塞了些棉花來墊她截斷了的腳指，還有她那用夾子夾住的太陽眼鏡。

請想一想這這些不同的角色：

◆一個身穿白色襯衫的男人捲起了一邊的袖口。
◆一個懷孕的少女，一面填寫著她的應徵表格一面用手玩弄她的馬尾，而她的嘴裏還嚼著口香糖。
◆有一個老人，他的臉色跟白沙一樣的慘白，手上佇著不銹鋼拐杖，她用手在眼睛附近遮住陽光，以便能夠往上看這商店的招牌。

憑著你的想像力，你可以就你所提供的生活片斷來編織出許多的故事。

用實際展示的方式來取代用說的方式

一般人在本能上都是比較多疑的。當你告訴他們發生了什麼事的時候，他們多半會選擇要不要參與。但是當你將實際的情形展示出來時，這些聽眾就有機會做出他們自己的結論了。想一想你一生當中所發生的事情。你一定記得你的母親常常告訴你要存些錢下來，但是這些話要一直到你需要錢，而手上卻一毛也沒有的時候，這時母親所說的話才會對你有所影響。我知道這個男人的外表讓人很害怕，或者我說，「這個男人有六呎五吋高，重約二百八〇磅，整個人走起路來活像是春天初醒的熊。而他的左臉上有一個長波狀的疤。他的左手上繞著一條重重的鉻製的鍊子。他就朝著我的方向而來。」現在我將這些細節的地方都向你描述了，這時你心裏一定會想：「天啊！我一定也會嚇死的！」但是如果我只是輕描淡寫的說：「你的樣子很嚇人！」你一定會問你自己：「為什麼呢？」當你停下來想這個問題時，你可能就會將下一個要進行的演講錯失掉了。

你可以用另外的方式，也就是直接讓他們看到實際的情形，我們將實際發生的事情的細節、當時的心情及我們所觀察到的都和他們分享。因為你我是不同的個體，所以雖然我們觀察同一件事情，但是在離開之後我們對於此事的印象一定會不一樣。講師要謹慎選擇其所談的內容，以便能夠隨時掌握及注意聽眾的反應。因此，你所說的故事越多，聽眾給你的反應也會越多，那麼你就更能夠塑造你的故事來達成你所要完成的目標。

秘訣

有一個傳奇的訓練師曾建議說：一個好的演說者要告訴他的聽眾：「1、2、3、4、5、6、7、8、＿、10」然後讓他的聽眾填上9。貝瑞曼先生建議：「讓聽眾在你的故事中填上一些東西，這樣他們就會有一種感覺認為這個東西是他們的故事。」

如果我們光用說的而不將資料展示出來，我們將剝奪了聽眾發掘故事的樂趣。當我們邀請聽眾自己來發現一個事實時，我們也幫助他們參與了我們的演說。當他們覺得自己是這個演講活動的一部份時，最好的演說評估者就是我們的聽眾。

安排不同的角色

如果你所講的第一個故事的主角是女性的話，那麼你第二個故事的主角則要以男性為主。在你改變不同的主角性別時，你可以讓所有的聽眾都有機會參與你的故事。

聽眾在一看到講師時就會大膽的臆測這些講師的背景及他們從何而來。因為他們是以他們所想及他們所看到的來做推測。要精彩的運用故事就要顧慮到聽眾的期待。有一次我和一位授權專家，麥克・史谷特（Michael Scott）一起演講，主講的題目是：溝通。這次我們談到了如何處理員工哭泣的問題。史谷特是一位非裔美籍的美國人，他一開始就這樣說：「我們在瞭解別人時，文化就扮演著非常重要的角色，特別是有人在面臨一些困境時可能會哭泣的原因。」當然，這些聽眾可能會認為史谷特是要和大家分享非裔美國人對於哭泣這件事的心情。但是，他沒有，他反而談到了一個西班牙後裔的故事，因為他在職場上哭泣的行為讓他的工作反而受到別人的輕視。當他說他的家人病了，透過淚水，他告訴史谷特：「你們對我們的文化並不瞭解。你是不會瞭解，我們把家人放在自己生命中的第一位。」

在與所有人分享這個故事之際，史谷特也提醒大家：我們的國家是一個文化的大熔爐，因此我們必須瞭解不同文化的人的心中感受。史谷特聰明的告訴了所有的聽眾，他自己也有必要與不同文化背景的人溝通。

邀請史谷特與我一起演講及他所提到的西班牙後裔的故事當中，我們又進一步瞭解到不同的人類文化。

秘訣

回顧你所說的故事，然後問一問你自己：

◆你故事中的人物，年紀大約幾歲？
◆你故事中的人物，種族背景為何？
◆你故事中的人物，宗教背景為何？
◆你故事中的人物，其性別為何？
◆你故事中的人物，其職業為何？

請在你的故事當中，創造更多元的角色。請切記你在故事中所安排的人物是來自不同的背景。

秘訣

你的聽眾是商業人士，而你在演講中沒有商業的見解的話，那麼你可能會被拒絕接受——除非你被邀請來主講的題目是有關個人或家庭方面的主題。如果你演講的對象是商業人士，我們建議你在演講當中可以談到商業人在商場上的困境。如果你的演講繼續的話，你也可以在演講當中提到一些你個人及家庭上的事情。一般如果你所談到的是某個行業的領航者的話，那麼他們的反應應該都會是正面的。

運用對話、聲音的不同，改變音量及舞台的位置上的不同來架構人物

當你所談到的故事可能包含了許多人物時，你在演講當中，如果不斷地以「他說或她說」的方式來進行的話，那麼這場演講將會變的枯燥乏味。相對的，如果你可以運用對話、聲音的不同、改變音量及舞台的位置上的不同來演出這些人物的話，那麼其效果就會有很大的不同。

方言及口音

在運用方言及口音上的不同來表現演講中不同的人物，可以讓我們將其細節表現的詳盡，也可以讓我們分清楚每個人物的不同。我們如果能夠聰明的運用方言及不同口音的方式來表現，那麼這場演講一定是成功的。請不要真的學的像是法國人過巴黎大街一樣，你只要學習象徵性的口音即可。如果你用太重的口音來演講時，聽眾還要花時間來想你所說的事情，那麼他們就無法跟上你所說的重點了。所以只要象徵性的說出其口音即可。利用錄音帶是學習一個人口音最好的方法。當你發現某個人的口音很有趣時，你可以請他將你所要用的對話錄音下來，然候你只要聽錄音帶並且將你所聽到的複製出來即可。如果你模仿的不夠像也無所謂。梅莉史翠普是不需要這樣的競爭的。記住你的目標是模仿這些角色，而不是去奪得金像獎。

當然，你在運用這些方言時，一定要瞭解其典型特徵並且從中尋找出趣味來。最好的學習課程就是：安排一個人和你對話，而這個人在這個情境中的行為不但要正面而且要很中立。你所說的趣事最好只限於你自己的國家之內——或者是一般聽眾知道的國家——因為這樣比較有保障。當演講家，法蘭克・布卡洛（Frank Bucaro）以他最在行的西西里教父口音來談有關家庭的問題，所有的聽眾都體諒了他，因為布卡洛事先就談過他是西西里人。當你自嘲之前，請先讓聽眾知道你的出身及你來自何處。

聲音的變化

如果你的演講沒有用到方言或口音，你或許可以用演講語調及速度來做為故事中不同人物的分別。所謂音調就是你聲音的高低。提姆布雷（Timbre）根據佩崔夏・鮑爾在《直說勝於文字》一書中說：「聲音的變化就是：聲音變化的的質：柔軟地、順暢及明亮的。」聲音的速度在於你所說的快或慢。鮑爾先生指出：「我謂有效率的速度是每一分鐘說出一百四十到一百六十個字。」

聲音變化所產生的效果，其最好的例子就是：聽有聲書，你可從中體驗出一個故事中的角色是如何演出這個角色的。聽專家如何運用他們的聲音來分辨不同角色，將給你一些當講師的參考。

另外一個簡單的練習方式就是對小孩大聲唸出來。像在「三隻粗野的比利山羊」（The Three Billy Goats Gruff）中，最小的一隻羊的聲音是又小又細的，中羊的聲音是運用我們一般自然的聲音，而其中老羊的聲音就像是用黃銅吹出來的聲音一樣。請別忘了找一個特別野的聲音來扮演住在橋下的惡作劇精靈這個角色。

秘訣

有聲書對於演講人真的是一個福音。除了可以從有聲書中學到其聲音的變化、停頓的藝術及說故事的能力之外，對於常常東奔西跑的演講者，這些有聲書還可以給他們安慰及與他們為伴。我有一個朋友非常熱中這樣的有聲書，因此有一次他開了六個小時的車，幾乎都快要把車油都耗盡了。一般這一類的有聲書，我們可以在圖書館借到或是在雜貨店買到。

聲音

當我們將聲音由大到小聲時，我們不但可以突顯劇中的角色，同時也可以製造戲劇張力。很奇怪的是，你所用的聲音越小聲，聽眾越會注意聽你所說的。當然囉，你也不可能將聲音講的連自己都聽不到。但是你一定要嘗試將自己的音量變小。因為在另一方面來說，藉由這樣的聲音變化，你可以很輕易的分辨出，那些是有力的人物，那些是較為溫和的人物。

舞台的位置

當你從舞台的定點移動到不同的地點時，你可以創造出不同的講話角色。你可以安排某個角色站在某個定點上面。你要決定這個角色要站在那個地點，然後站到他的位置並且以他的聲音來發音。然後你可以站到另一個定點，並且用第二個人的聲音來發音。當你在扮演劇中人物時，請務必不要用你自己的聲音來發言，直到你回到你原來的位置為止。（從一個定點換到另一個點上，縱使它只是些微的差別，但是你扮演的人已經有所不同了。相信你的聽眾一定會支持你的。他們一定會的。）

隨著你所扮演的人的不同，你以某個固定姿態扮演某人，而以另一個姿態扮演另一個人。當你扮演一個巫師時，你的身體可能是彎曲的，而當你扮演一個美麗的女子時，你就必須站的又挺又直。

其實這就像我們所聽到的一樣的簡單。藉由不同的定點及姿勢，我們可以很容易的分辨出這些角色，只要你記得你已經從一個角色變換為另一個新的角色。盧海克勒甚至在進行他的附屬評論時也運用他所站的定點及手勢來引導聽眾。他在介紹他的評論時甚至用雙手一起筆劃好像告訴我們「請擁抱這個思想」，然後走到舞台另一端，想到新的點子。當他講完這個新點子時，他又會回到他請聽眾「擁抱這個思想」時的姿態，然後繼續他原本討論的主題。

運用強勢動詞

有活性的動詞會讓你的故事較有活動性。如果講師運用過多的形容詞及副詞時，則整個故事的架構會顯的比較弱。用來清楚描寫行動的強勢的動詞可以縮減句子的長度並且將清晰的印象灌輸給聽眾。

例如：請你想一想「瑪麗慢慢地走進玄關」這個句子。如果你將強勢動詞運用在句子中，你就能更明確的描述這個情景。「瑪麗漫步到玄關」、「瑪麗閒逛到玄關」、「瑪麗緩步到玄關」等句子。請注意每個句子中的動詞變化，從不同的動詞中你一定會有不同的感受及對瑪麗有不同的印象。

最好的動詞是一直盤旋在我們的腦中的，因為它們是最完美、最讓人讚嘆的。當講師提到了：棲息、慌張、混日子、行騙、拓展、滿意及錯誤等字時，這些浩翰的英語字彙就像盛大的晚餐呈現在我們面前。在我們談到這裏的時候，英文單字已經高達六十五萬字了，而現在仍不斷在增加當中。然而，讓我們感到洩氣的是：我們許多人只用到極少的單字及磨練聽

眾對於這些索碎事情的耐性，卻不願意多用一些新的字彙。

運用主動語態

被動語態常常會讓故事的活動及其中的角色較不明顯，同時也會讓句子較為冗長。在被動語句當中，故事中的角色及行為常常會被多出來的句子及不斷重複的主詞＋動詞的句型所掩蓋。而主動語態的句子，則會簡化其思維並以這樣的方式問道：「何人做了何事？」這樣的句子是直接的，沒有任何的虛飾或推諉的情形。

以下是兩種不同的語態：

被動語態：這粒球被一個男孩丟掉。

主動語態：男孩丟了這個球。

你可以看的出來，主動語態要精簡多了。所以請你盡可能的要以主動語態來進行你的故事。

秘訣

記住，每個人的聽力及理解力都不一樣。如果你演講的句子太長或是結構太複雜的話，那麼你所談的重點就很容易被漏掉。因為聽眾要一面努力的跟上你所說的，而你一方面又繼續往下談了。這時就會讓聽眾像是沒搭上公車的旅客，車子開走了，而他還在原地。

秘訣

你越常用妙語的話，你所傳遞的訊息就會越清楚。盡可能放慢速度。請您在演講當中要站穩一點，因為你如果沒站穩的話就可能讓聽眾分心。請透過麥克風來講話，並且注意你的發音方法。

在你講完妙語之後，你可能就會看到有人會問一下鄰座的朋友：「剛剛說了什麼？」

記住成三的規則

只要可能，不管是整體的訊息或是要點都盡量以成三的方式來表現。有許多偉大的文學都運用了成三的規則，特別是在喜劇當中。下列是一些成三的例子：

◆在陸地、海洋及空中。

◆聖父、聖子及聖靈。

◆撲通、掉入洞、白尾野兔。

◆民有、民治、民享。

◆妮娜、嬪娜、聖瑪麗亞。

當故事中的角色有某個動作時，你可以讓他們重複三次同樣的動作。在喜劇當中，通常在第三次動作發生時，故事的趣味才會產生。

尋找好的見解

下一次你站到一個雜貨店前面，看看它的雜誌架。你會發現不同的三本子雜誌所標出不

同的主題。其中的一本雜誌可能有這樣的標題：「累得無法和家人相處？」另外一本可能寫道：「如何在工作上展現活力？」而第三本可能寫：「不要讓疲勞破壞你的性生活！」這三個不同的主題其實都是談到有關疲勞的問題，其手法的不同主要在於筆者不同的見解。所以講師對於不同的故事也要有不同的見解。

如唐納・戴維斯所說的：「當你看一張照片時，你不只要看相機所捕捉的鏡頭，你同時也要注意其所取景的角度。」從這些角度出發將可以增進我們對它的興趣。

例如，我們描寫一個在學校幫助你很多的老師的故事，則可從以下的見解來著墨：

◆對於她全心付出的感謝。

◆回憶她如何在教學上生動靈活。

◆一般家長都知道她將每個小孩都視為珍寶，並且覺得他們都有無限的可能。

當你找尋到許多好的見解時，全力走進你的故事中。請從所有有利之處來看這個故事。

在句尾加上你的妙句

在一句妙句當中，你一定會發現某個「雙關語」，一旦拿掉這樣的雙關語，則整個句子看起來就沒有任何特點了。如果我們可以將之放於適合的故事或是笑話當中，就可以製造很棒的效果。而效果最棒的是將這種雙關語壓在整個句子句尾才出現。

何處開始你的故事？

小說家珍妮特・布若威（Janet Burroway）在寫完小說之後就會寄給他的弟弟先看，請他當她的響板。有一次她花了幾個月的時間，寫了一本十頁左右的書寄給了他。她弟弟將這本書又寄了回來並且撕下前面的七頁並寫下：「你的故事從第八頁才開始。」

如果你可以將不重要的部份刪掉，然後重新開始的話，你所寫的故事一定會大有進步。以下的故事結構圖可以幫助你很快地捕住故事的重點。

圖6.2 故事結構圖

寫上故事的標題：	
1. 人物	
2. 背景	
3. 活動	
4. 高潮	
5. 結果	
故事重點：	

你可能需要在幾頁的故事之後才能到達故事的核心，但是你的聽眾不需要。我們常常會在不對的時間內滔滔不絕的雄辯。你的故事應盡可能與活動開始的時間接近一點。不要很快地開始，也不要開始的太慢。當你回顧你的故事時，請一遍一遍的問你自己：「我必須將那些東西刪掉？」請從故事高潮之處往回做檢視。故事中有多少的情節是聽眾想要聽的？請多用活性動詞，讓你的故事更加緊湊，然後你也必須再刪減故事的長度。

練習你的故事

現在你已經都考慮到了故事的所有元素。接下來你就要將故事的節奏拉緊。你一定還要在繼續修正。但是當故事還沒有真正練習之前，這都還不算是你的故事。

以下有六個大聲唸出來的理由：

開發我們的肢體記憶

人類有兩種主要的記憶：肢體的記憶及大腦的記憶。所謂肢體的記憶，也就是我們因為這個動作常常在做，所以我們就幾乎沒去使用到大腦。例如：假設你正在刷牙。你一定不會練習將牙膏擠出來在牙刷上面，然後擺好牙刷，準備刷牙，你想你會這樣做嗎？事實上，一定有牙醫告訴你，如果你可以改變你刷牙的習慣，那麼你一定可以在牙齒上做改進。你的肢體知道要如何去刷牙，而你的腦子卻不會想到這些問題。相反地，大腦的記憶是在我們真正「想要」回憶時有關。

要將我們所寫的故事傳遞出去，我們必須同時發展肢體的記憶及大腦的記憶。

以唸出聲的方式練習

寫故事及說故事有很大的不同。字看起來是一回事，而唸起來又是另外一回事。如果你想要說故事不結巴的話，你就要將故事唸出來。當你講出這些字時，你或許會聽到一些比較不順耳的句子。有一個可以讓你檢查故事是否聽起來順耳的好方法：那就是將你所說的故事錄起來。當你放出來聽的時候，你就會知道那些地方可能會讓聽眾誤解。例如：如果你正在進行一個在訓練過程的學習程序，你可能會解釋這些訓練程序為：瞭解（Know）、告知（Show）、執行、批評及獎賞等。我們在書上看到時候可能會覺的很通順。但是如果你現在將這些字大聲唸出來：瞭解（Know）、告知（Show）、執行、批評及獎賞。如果你仔細聽的話，你會發現你可能會聽錯。聽眾可能會誤聽為：「不要講（No Show）、執行、批評及獎賞。」這兩套訓練過程是完全不一樣的，然而我們可憐的聽眾那裏會知道你的意思呢？

我們在自己聽過故事後，我們就可以將這些聲音相同但意義卻不同的文字做個記錄。你也可以將這些念起來不順或是不容易說的字或片語做個標記。當我在替日本的主管寫講稿時，我和我的老闆都會重新將講稿再順一次，將一些日本人有困難念出來的字做修改。因此我有一個主管可能曾說：「在我們開始創作時，一定要稍做短暫的等待。」而不說：「在我們開始創作時，一定要有小小的等待。」因此我們知道，一般日本人在發「L」這個字都有些困難。

在講故事的過程當中，你一定要再將故事修飾，讓故事更為完美

在我們大聲說出故事際，你一定可以知道故事究竟是已經可以了或是還需要再修改。《街頭大戰：為你的小事業做低成本的廣告及促銷》一書的作者傑夫．史拉斯基（Jeff Slutsky）承認，當他將故事修改到完美時，他會在國際演講協會及一般的對話中使用他的故事。而葛拉帝．羅賓森更是進一步的做的更加完美。他會記錄他第一次演講時，聽眾是在什麼時候笑的。第二次時，他會在聽眾第一次笑的地方。做修改。如果第二次聽眾在不同的地方笑了，那麼他就會捨去第一次的故事，然後以聽眾固定會笑的地方開始他的故事。每一次演說羅賓森都會修改聽眾笑的部份，然後把多餘的部份刪掉。

如果你說錯故事的話，你可以給自己機會再練習你想做的

《美國五月莓的幽默》一書的作者琴娜．羅伯森，是在北卡羅萊納的海邊一面走路一面練習她的故事的。如果她故事講錯的話，她就會練習如何在講錯的地方將錯誤糾正回來。以

前我們曾說「練習才能造就完美」，這已經不夠了，我們應該說「真正的練習才能造就完美」。我們人本身都是不完美的。在我們處理這不完美的練習過程中，我們就可以駛過滿路的障礙而不會陷在深坑當中。

讓你的故事在腦中唾手可得

如果你不常練習這些故事的話，當你要用的時候，故事就可能不存在了。這些頑皮的故事就像是蜜蜂在苜蓿草中飛來飛去一樣。故事在我們腦中也是一樣的進進出出，當我們的記憶只存留一半時，我們只得扼腕了。你不可以只講一半的故事就下結論的。所以若要保留你所有故事的所有權的話，你就要經常不斷地練習。

透過練習故事來幫助他們成長

如果你的故事就像有活菌酵母的麵包一樣的話，那麼你真的非常的幸運。我們常常有人會為了一般平凡的故事而覺得洋洋得意。你知道他們可能很棒，但是事實上他們還沒有到達這般的程度。該怎麼辦呢？將另一半還沒有說完的故事繼續下去。不管你是不是可以找到題材，將這個故事說完或是上帝會憐憫你，然後送你的一個禮物——聽眾可以幫助你結束一個

故事。

例如：我有一個有關大老鼠尾巴的故事，只是這個故事無法達到我的期望而已。有一次我將這個故事和我的朋友雪龍・鮑曼（Sharon Bowman）及羅絲・巴耐特（Rose Barnett）兩個人聽：

我的兒子麥克和我，有一天我們在道路旁邊撿到一個浣雄的尾巴。麥克因為上星期才看了「美國拓荒史」（Davy Crokett）這部片子，所以他決定像電影中的費思帕克（Fess Parker）一樣繫一個尾巴。在幾番的考慮之後——及多次請求麥克之後——我決定在隔天帶一把刀子回來將這個尾巴砍掉。我知道這是幫助我兒子去除這樣的幻想最經濟的方法。

當我丈夫回來時，當天晚上他看到這條尾巴放在洗衣槽中，他生氣的叫道：「我們都會得病死掉的！」在他平靜下來之後，我們請了獸醫過來，看一看這個浣雄尾巴是不是對我們有威脅。這個獸醫告訴我們：這個尾巴可能帶有狂犬病的因子。他強力的要求我們將這個尾巴丟掉並且將刀子丟到水槽中用漂白水消毒。首先我和麥克達成的協議是：以二十五美元的仿浣雄帽來換他這個真的浣雄尾巴。然後我又必須丟掉真的浣熊尾巴及十八元買來的菜刀。最後我用鹽酸浸泡水槽，然後買了十二元的乳液來保護我的雙手。所以這次事件花了我將近五十五美元。

最後在故事結束之後，羅絲若有其事的告訴我說：「喬安娜，這就是給我們的一個教訓：天下沒有免費的尾巴（午餐）的。」

練習故事的七個不同的層次

有一個小男孩嚴肅的走到舞台中間。為了要開始表演，他從音樂箧中將他的小提琴拿出來，然後將之靠在下巴下面。他眼睛往遠處看了一下，接著他就開始演奏了：「一閃，一閃，亮晶晶……」這聲音讓人感到極端的痛苦。他不但漏了某些音符而且在小提琴上上下下拉動時，經常會有尖銳不悅的聲音產生。有許多父母都盡量忍著不敢笑出來。在表演廳的所有人都在座位上坐立難安。有些人臉上的表情有改變了一下，裝做他們非常能夠接受這個音樂的樣子。在表演過後，其中有一位媽媽找來了這位小提琴演出者的母親。「哦！我們太多

的觀眾可能會讓他感到非常的緊張。」這位來安慰別人的媽媽如此的說。這時小提琴演奏者的母親說話了，她說：「我想應該不是吧！他在家裏的演奏時，就是這個樣子的。」

對於初學演講的人，練習這件事對他們來說可能是很奇怪的。但是像馬克桑邦一類的偉大演講家在演講前就已經花了好幾小時在練習了。練習有許多層次的。

心裏的練習

在這個層次中，我們可以一面看著資料一面在心裏反覆的練習。這種層次的練習是在你對於這些資料已經很熟悉或是常常講的題目上面。注意：當我們最近常常演講或是對同樣團體的人演講時，我們會告訴自己：「我知道這資料有點無趣了。」我們找出一些資料來，但是當我們站在一群人面前時，我們會發現我們所熟悉的這些資料要比我們想像的更為虛幻不清。不管我們用同樣的資料講過多少次演講，我們可能都會有點緊張，這是正常的，因為這表示我們很重視我們的聽眾及我們的表現之故。

心裏練習最好的時間就是在我們演說的前一個晚上睡覺前的這個時刻，以及我們剛醒過來時。這兩個時刻的練習能夠提供你最好的效果及提供你一個記憶的入門。如果你想要更為加強你的記憶，請運用錄音帶來加強你保留印象，這一類的錄音帶像是海米辛（Hemi Sync）

的「記憶力」這卷就是。

喃喃而語的練習

請用嘴巴將你的台詞念出來，你只要念下去即可。你無需陷入這些資料當中。因為你的目標是在加強你肢體記憶的能力而不是在大腦的記憶上面。

喃喃而語的練習地點可以是在飛機上面或是你覺得不會太明顯的地方。但是這種練習的缺點就是：你沒有投入你的情感並且只是表面上在腦中作用而已。

運用錄音帶來複習

在我任職星鑽汽車（Diamond Star Motors）公司擔任企業演講起稿人時，公司的主管告訴我有關他們的問題。因為他們每天的行程都是排的滿滿的，因此他們幾乎沒有時間來練習他們的演講。但是後來根據調查顯示他們浪費了許多他們可以運用的時間：那就是在開車的時候。因為星鑽汽車是三陵汽車及克萊斯勒汽車的合資公司，所有公司有許多主管常常要開車在底特律開會。所以我們決定為他們錄製錄音帶，讓他們可以在車內練習這些演講。

所有的父母一定都注意到了，當你每天早上將小孩載到托兒所的路上，如果你每天打開巴尼（**Barney**）及拉菲（**Raffi**）的頻道的話，你的小孩一定很快就學會了節目中所播放的音樂及其中的廣告。更有趣的是：當這些大人們要去開會時可能也會哼起「我愛你，你愛我」的歌曲。然後自己才猛然想到，原來這些曲調已經不知不覺地深植在他們的腦中。

錄音帶反面的練習是不用你花大腦來思考的，你只要反覆不斷的練習來加強你的記憶即可。錄音帶的正面也是很輕鬆的。另外，錄成錄音帶的好處是：你可以評估出你所使用的時間，只要你己清楚錄音帶和實際的時間是不同的。你可以建立一個錄音帶圖書館並且將故事的大綱列出，藉由這樣的準備，你將擁有最棒的資料。所以你只要花一點點的工夫就能準備不同的演講。你也可以錄製屬於你自己的故事集，及所有屬於你的演講。

你可將他們編成目錄，這樣才有利於我們以後的搜尋。

運用錄音帶聯想法來複習

這種方法和以上所提的錄音帶練習法將花更多的時間及努力，但是這個方法可以得到更棒的結果。你可以任選以下三種方法之一來練習：

◆錄下你的演講，在你要練習的故事或是重點部份時，你只要將錄音帶關掉即可。

◆錄下你演講時的大綱重點。留下一些空白的部份，然後等一下由你將這些空白的部份，用你所編的故事填補回去。

◆錄下你演說的大綱並且說：「關掉錄音帶並且練習第X個故事。」

以上的方法可以讓你練習一些較難的演講部份。而且透過這個方法也可以讓你尋找及提醒你故事的前因後果。

秘訣

講師通常有兩種不同的演講次序：一是固定式的次序，其二是彈性的次序。當你選擇視聽題材時，你就必須考慮你所要演講的方式。因為不同的演講方式可能會限定你演講的內容。

如果你選用幻燈片來進行你的演講時，那麼你就沒有太多的自由來做變化及安排了。你在演講進行中是不太可能在重新安排這些次序或將演講中斷的，雖然有許多的講師曾經依照他們所需要的部份，往前或往後找出他們所要的資料。以固定

式的次序來說，你要變更演講的次序是非常困難的，甚至可以說是不可能的。雖然現在有電腦的製作，這讓我們在演講前有機會稍做改變，但是一旦我們固定之後，在電腦中的次序還是線狀進行的。

相反地，吊燈式的幻燈機——雖然它是又老又大的機型——卻提供我們更多的彈性。你可以用完了一張幻燈片之後就將之置於一旁，而觀眾一點也不會去注意。

為什麼你需要在最後一秒鐘改變你的內容呢？請聽一位演說者的故事，然後自己想一想若是自己的話，你將如何處理：

我正在進行商業寫作這門課。為了讓學生能夠更為瞭解放錯修飾詞的問題，我運用了吊式的幻燈機談到一個笑話：喜劇演員的配角——我認識一個有一隻木腳的人，他叫史密斯。丑角——那麼他的另一隻腳叫什麼名字？當我正在整理這些資料之際，有一個教學連絡人走了進來。她有一隻腳是義肢。我趕忙向她道歉並且趕快將這些幻燈片藏到我的公事包中。

你想一想，如果她要從轉盤中將這張幻燈片拿下來或是從電腦中馬上停止的話，那麼她會有多大的壓力啊！

一般演說者都比較依賴幻燈片來激發他們的故事。因為他們知道：只要將這些幻燈片一張一張的放上去時，他們的記憶就不會中斷了，這樣他們就可以省去記憶這些重點的次序。

不正式的練習

在這種情況下，你可以實際的練習你的演講，而又不用擔心任何的背景問題。這類的練習方式可以在洗澡的時候、在溜狗時及在鏡子前等，你都可以進行練習。只要不分心且干擾不高的情況下，任何地方你都可以進行。

這種練習的好處在於它的可變性。不管你是在洗澡、溜狗或是疊衣服，你都可以在你的生活中擠出時間來練習。而其壞處是：你無法利用設備來練習且沒有辦法練習我們的手勢（到現在，我還沒有以摺毛巾來當做是我在講台上的手勢呢。但是天知道）。有些專家認為在沐浴當中最能產生創意了。

我同意這樣說法。但是如果你要準備一整天的演講的話，我看所有的熱水都要用光了。

這種練習方式還要搭配良好的時間管理。像佩崔夏．弗立普這類用心的人，他甚至在走路的時候都還會隨手帶著小本子，這樣他一邊練習時就可以一面將重點寫下來。

衣著練習

如果你曾經上場過，那麼你應該知道衣著練習的重要了。你必須將之視為正式的演講，並且考慮所有有關衣著上面的問題及有關的設備及場地。特別是第一次上台演講的人，一定要將衣著練習安排到你的練習進度當中。當你穿上你所計劃的衣著時，你一定要再次檢查你所選的衣服，並且一定要注意麥克風要置於何處。對於女人來說，這就是一項挑戰。如果你是穿一件式的衣服時且衣服上沒有腰帶的話，那麼麥克風就可以置於衣服的口袋中。如果你穿戴著珠寶且在領口附近沒有打摺的話，那麼要將麥克風掛在身上就有些困難了。

為了要解決以上的問題，你最好穿套裝且在裏面穿件可以將鈕扣扣到頸部的襯衫（將麥克風置於翻領處，不一定有用。因為它不一定可以接收到這樣距離的聲音）。或者你可以用手拿的麥克風或是項圈狀的麥克風。男人的西裝及領帶適合夾放麥克風（在領帶上或是翻領處），而電池也可以掛在他的腰帶上。

當然囉！事先練習當中的衣著還有許多的好處。你可以利用你的視聽資料來練習，你也可以練習你演講當天所要站的地方及所有講台空間的利用（在看過主講者所說的重點之後，國際演講協會的第一任總裁暨演講教練，比爾高夫感嘆的說：有許多講師常常將自己擠到一個小小的角落，而忽視了整個廣大的舞台空間。請好好想一想這個給你的演講舞台的空間，你要如何做到最好的利用）。你可以再次從不同的有利點看看這些視聽資料是否都完備了。

在衣著練習時——不管你有沒有在演講現場——你一定要當成底下有觀眾在，並且要練習你的手勢及計算演講的時間。你可以用個時鐘或是每隔一段時間會振動的振動器，這樣一來你才能計算出你所用的時間長短。

秘訣

現在我們談過衣著演練的重要性之後，我必須承認的是，你或許在一生當中沒有多少機會做這種衣著的演練。我們卻常常在會議前的短短幾分鐘前才看到會場。建議您，時間允許的話，提早一點兒到會場，您至少要測試一下麥克風及視聽設備。前任國際演講協會的總裁，麥克．邁卡奇尼曾經親自帶著膠帶及拴好的聚光燈到會場。邁卡奇尼是希望與現場的員工一起將他所站的地方多加些燈光。奇怪

的是：聽眾可不可以聽得清楚與他們能不能看的清楚有關係，這要比講師用高亢的聲音來講重要多了。因為邁卡奇尼深知這個道理，因此它主動加上了聚光燈，讓聽眾盡可能可以看到他。而膠帶呢？邁克奇尼用膠帶貼在門上面，這樣聽眾來來往往時就不會有吵雜的聲音。他創造了明亮的燈光及用膠帶貼了這樣的文字在牆上：「請安靜，會議進行中！」有許多講師可能會將會場最後幾排圍起來，讓聽眾盡量往前坐。因為人聚才有力量。

身為一個講師，我們或許無法面面俱到，但是我們仍應盡可能負起控制會場的工作。

燈光、相機及活動

最後的練習包括了運用錄影。如果我們將我們演講錄下來的話，你就可以清楚看到聽眾看到你的樣子。藉由這樣的方法，你可以看到你緊張的手勢及不良的習慣。可以的話，建議您將您每一場的演講都錄下來，而不只是錄下練習的時候。就像我們一樣，你在這個過程中會以無數的體驗。你可能每一次都會聽到不流利的地方。注意到自己結結巴巴的部份。你可能會因而瘦了幾磅。但是相反地，你卻在這當中學到了很多。錄影機是不會說謊的。當你不斷檢討並且從錯誤的地方學習時，你的演講技巧一定會突飛猛進的。

秘訣

南茜・尼克斯萊絲（Nacy Nix Rice），演講家兼作家。她寫過《讓你看起來更棒：個人服裝計劃、色彩及個人風格的發展》。她在書中建議了我們在錄影機前面應該如何穿著：

◆錄影機是不像觀眾一般，它是不護會漏掉任何細節的，所以一開始錄影時，你就要很用心。服裝以簡單大方為宜，請盡量不要太花俏。高對比的色彩可以產生高度的權威感，但是在錄影機前面卻會產生放大的感覺。你可以考慮穿著淡藍色、深藍或是灰色，但是不要穿著單純的白色或黑色。

◆像是藍——青綠——玉的色系等都是相當討好的顏色。女士可以這些色系來搭配襯衫或是夾克，而男士則可以這些色系來搭配他們的領帶。

◆避免用亮紅色，因為它會將鏡頭變成「紅色的」，並且在鏡頭上有紅色的地分都

讓人覺得不清楚或是放大的感覺。

◆請注意格子狀或是幾何圖形，因為這些款式在鏡頭上會有一種跳動的感覺，因此會讓觀眾容易分心。

◆加些飾物。戴耳環時一定要夠大來突顯你自己——至少要有像兩毛五這麼大，但是不要超過像兩塊五這麼大。在錄影中最好不要配戴閃閃發光的飾品。

◆領帶若是沒有繫正的話，將會破壞了原有的整潔。橫線的領帶現在已經有點過時了。

◆請仔細從不同的角度再檢察一次你的髮型，然後再決定你最喜歡的髮型樣式。

從朋友那兒取得一些支援：運用研究室的方法來練習

現在還不是好時機？有一群住在芝加哥附近的講師決定要定期見面來討論他們演講的資料、他們準備的故事及所有有關演講事業的相關事情。他們自稱為：「研究室的老鼠」，這些人分別是：克羅斯（Cross）、納丁・葛蘭特（Nadine Grant）、帕瑪拉・梅爾（Pamela

Meyer）及瑪麗・佩特・符加（Mari Pat Varga），她是《偉大的開始及結尾：運用你的妙語、力量及瀟灑來進行及結束你的演講》一書的作者。

「實驗室的老鼠」這個團體在四位成員到齊並且開始討論分享他們所學的東西，然後找到一個他們可以進行討論的場所之後，這個團體才算正式成立。根據符加所說的，這個名字的意義就是他們要好好用心經營，就像是我們以往在實驗室的經驗一樣。

你們也一樣，可以成立一個心靈成長的團體。你可以將你所信任的講師所講的話整合起來。

秘訣

以下有五個要點，這是「實驗室的老鼠」可以成功在一起研究超過三年以上的原因：

1. 責任宣言：他們宣誓了這個責任宣言，將他們的共識及所認同的事情結合起來。

2. 會議的形式：他們固定每兩個月開會一次。他們會先花半個小時的時間來先瞭

解。然後用計時器，每個人都有一個小時又三十分鐘的時間來進行他們所選擇的資料。

3.決定要如何一起工作：根據符加所說的：「一般來說，他們會先以新的小故事或是軼聞為開始。我們會影印幾份讓大家先看。在閱讀之後，我們就會展開生動的討論及交換彼此的想法。而筆者的意見我們也會提出來，主要是有關這個故事的焦點及他所提出的新看法及新方向。像這樣的小故事會一遍又一遍的出現在這個研究室，直到所有的講師都瞭解並且可以上台運用為止。」

4.邀請其他人的參與：因為他們知道如果獨自討論的話，可能會有失客觀，因此他們都會邀請朋友來參加他們的會議。他們會請其他人來提出他們一些新的看法。他們可能這次邀請了正統的演說者，下一次可能會邀請專業的表演教練。

5.重新評估這個團體的目標：他們經常會評估他們所做的是不是符合每個人的需要。他們甚至會決定這一次的會議增加一個人或是減少一個人。

符加很溫文的做了結論：「這五個要點真的可以讓我們能夠和其他的演講專家一起研究，並且產生很棒的學習經驗嗎？。不見得吧！一個成功的團體主要還是有賴於彼此之間的信任、彼此尊重及彼此的承諾。」

為演講俱樂部乾杯！

雖然會有很多人認為國際演講俱樂部可以協助人們克服演講的恐懼，但是事實上，它的功能還不只有這些。它還提供了我們很棒的練習演講的機會。如果你不畏懼講台的話，你或許會選擇一個小分社來練習你的演講。

因為國際演講俱樂部成立的目的在於讓每個會員都有機會上台練習。我們通常都會由會員幫台上的人員做評估。所以，在我們練習演講當中，我們要盡可能的付出及回饋。將評估表發下去給每一個會員，讓團體中的每一員都寫下他們的意見。雖然他們在會議進行中，可能沒有機會和你交談，但是他們可透過評估卡和你溝通意見或是利用中間休息的時間和你交談。

國際演講協會的演講安排程序是固定的。你或許希望練習某個與你下次講題不同的故事。你或許希望和協會的總裁討論並且尋求一個可以解決問題的方法。

摘　要

在這一章節當中，我們又看到了更多故事的主要元素。講師可以塑造許多的因素：包括聲音、角色扮演、速度、重複述說主題及重要的開場句及環狀的故事結構等，而聽眾的熱烈參與又更可以創造更驚人的故事潛力。在回顧這些故事之際，你更可以增進這些故事對於聽眾的影響力。本章中提到的故事結構圖更清楚的將故事的元素列出來，這樣更能將故事修改到最好的情況。最後我們也提供一些不同層級的練習方法供你練習。

練習

1. 請選一個故事好好的分析一番。請注意故事的每一個部份：人物發展的結構、及伏筆或是劇情中所建立的衝突性、妙語、驚爆點及其結局。
2. 選一本書當做範本。請描述書中人物的發展。注意人物的具體的訊息及所有細微的消息。

3.看一卷由一個魅力十足的演說家所主講的影帶。選一個故事當做練習的對象。這個故事要以怎樣的聲音來表現？這個演說家的人物扮演是誰？這個演說家在故事開始、中間及故事結束後的聲音變化為何？

4.請下一個專業演說家在演說過程當中的故事劇情起浮圖。請和你班上同學所畫下不同講師的演講劇情起浮圖做比較。哪一個圖最有變化？請全班一起看這位演說者的錄影帶。其故事劇情起浮圖上的變化對於演說者的整體表現有何影響？

5.注意講師在演說時所運用的重複的主題或是絕妙引言。如果班上有同學發現了這些重複的主題或是絕妙引言時，請他／她和全班同學分享。看看全班同學是不是能夠發現這些重複的主題或是引言？

6.請注意講師所運用的環狀故事結構。如果你班上有人發現了這樣的環狀故事結構時，請他／她和全班同學分享。

7.請找出你所看到有關聽眾參與演講內容的例子。請你列出你所注意的他們參與的劇場。

8.選一個可以運用人物扮演的故事並且請著手去做。回顧一些編出精彩故事的基本條件。將你準備前將開始及後續的情形錄下來。

9. 請畫出你的故事結構圖。

10. 請依照本章中所提到的方法來練習你的故事。

趣味演說高手——運用幽默故事的演講

7

聰明地運用故事

我們家是屬於中產階級，而在我八歲時，我的父母分開了。因為父母離婚的關係，所以我們家三個小孩分屬兩個不同的家庭。至此之後，我們家就沒有再重聚過了。我因此也沒有再享受過富裕的生活。記得有一次聖誕節的晚餐我們只有吃了點玉米片及喝些溫牛奶而已。聖誕節當中沒有任何禮物也沒有聖誕樹。在我生命之中，我頂多告訴過六個人有關這個故事，因為我不想因此而得到同情。不過現在這些已經都不重要了。我現在提起這些事情是因為我們大部份的人都曾經碰過這樣的問題：在我們的生命當中都曾經因為沒有錢而過著屈辱的生活。

——Paul Hawken, *Growing a Business*

在說謊俱樂部中的男人中，就屬我的爹地可以把故事說的最棒……不管他所說的故事如何的偏離主題或者扯了多遠，他都有辦法將它扯回來，因為他有這樣的天賦：他知道要如何讓別人相信他。

——Mary Karr, *The Liars' Club*

如何判定何時應該說故事而何時不應該說故事？

你已經將故事準備好了，而你也非常喜歡這個故事。你想要將它說出來。但是你應該說嗎？或許你的故事並不適合你的聽眾，不適合這場演講或者並不適合你。

葛拉帝・羅賓森曾說：「瞭解事件的脈絡及瞭解你的聽眾或許是一個成功的幽默演說家最基本的能力。」羅賓森提出「關係演說」，其主要就是希望喚起講師，建築一座聽眾與講台之間的橋樑。而在這樣的演說內容方面要注意以下幾點：

在講師演講之前發生了什麼事？

講師最怕的就是在他演講開始前聽到某些訊息。雇用他這個公司的總裁宣佈了裁員的消息。總裁最後以這句話結束：「你們只能怪你們自己。我們今天請的是一位激勵大師。」

聽眾是誰？

試著在你的演講當中加入一些幽默的話語。有一個講師提到了前任副總裁，丹・奎爾

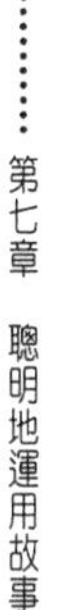

（Dan Quayle）為什麼總是註定要扮演老二的故事。在她演講的第二個小時，她看到聽眾都低著頭，並且忍耐的度過這段時間時，她知道她所提到的印第安納州的漢廷頓（Huntington of Indiana）是這位副總裁的故鄉嗎?所以你越清楚聽眾的背景，你就越能符合他們的需求，並分享適合他們的故事。

講師是誰?

冒犯性的語言對於聽眾來說一直是有雙重標準的。一般聽眾會希望女人的演講所用的語言要比男人來的高雅一些。使用不雅的語言絕對不是好方法，如果是女人來用的話，那鐵定完蛋的。

聚會的目的為何?

如果這是一場強制性的會議，那麼參與的聽眾可能會比參加年度的頒獎晚會要來得嚴肅一些。在強制性的會議中，講師可能要有心理準備，因為這些聽眾可會非常的沉默。在宴會中，講師也必須瞭解到這種慶祝性會議的特性。

整體聽眾的心情為何？

當然聽眾的心情和他們參與會議的目的有關。一個自由開瓶，無限暢飲的晚宴可能會破壞講師的演講。如果這些人的心情都非常的狂野，那麼他們是無法接受嚴肅的演講的。

如果你錯判這些訊息的話，那麼結果會很慘的。羅賓森先生說：要掌握聽眾及瞭解他們需求的能力需憑直覺。范克力邦先生說：當他在演奏音樂時，他有一半的心都在聽眾身上，從聽眾的身上來瞭解自己的表演。對於講師來說也是一樣，當他們在演講當中，一定要具備瞭解聽眾現在正在做什麼的能力。

許多講師是在一次一次的演講當中培養出這樣的直覺能力。在演講的事業中演講是無法替代的。在我們每一場演講當中所碰到的無數問題與困難中，講師對於這樣的情形都要隨機應變的處理。每多一次的演講，你就能夠在演講上面多學習到一些東西，多瞭解你的聽眾及你自己一點。一定要堅持你的目標。艾德亨（**Ed Hearn**）先生是以前專業足球隊的隊員，他曾說：「當一個足球隊員的先決要件就是：堅持。要當一個專業的演說家，我想道理也是一樣的。」

何時應避免使用故事？

故事聽起來都很棒，但是有些時候我們應該避免使用。

不是你自己的故事

演說者最好不要改寫名人的故事，或是說一些別人的資料，因為這是一件非常冒險的事。說真的，邱吉爾先生的故事是我們在談到「決心」的個主題時很棒的一個題材。但是談邱吉爾先生的故事，還是要比你談談自己生命中所發生的不屈不撓的故事，要冒更大的危險。

為什麼呢？如果你使用這類的故事的話，那和一些經常提到這個故事的講師之間就會形成比較。

更糟的是：在同一個活動的講師也用了同樣的故事。這種情況常常發生。事實上，在某些會議上，有時同樣的故事可能不只出現一次，有時甚至出現兩次或三次。想想看，聽眾對於這樣的情況會有什麼反應。一般會議的主辦人員最討厭這樣的事情發生，因為他們付鐘點費請你來就是希望請你談些自己的東西。因為講師改寫這些故事，讓主辦人員及聽眾不禁懷疑你的演講中，到底還有那些部份不是你自己的。

切記：將別人的故事拿來當做是自己的故事來講是很不道德的。如果你這樣做的話，別人將永遠無法肯定你是一個專業的講師。

或許你一面讀一面想：「這有什麼大不了呢？要如何才能擁有自己的故事呢？如果我是剛入門，而我使用了別人的故事或是笑話，這會對這個講師有何傷害呢？」這樣一定會產生傷害的。請看下面的敘述你就會明白。

這樣的行為會傷害創造這個故事的講師：

琴娜・羅伯森最具象徵性的故事曾經被偷用並且被許多的講師拿來講。羅伯森小姐因而失業了。會議主辦人說：「我們去年就曾經請過講師來講過這個故事了。」這樣的事情對羅伯森小姐公平嗎？賊再怎樣還是賊。如果是你盜用的話，你就是個賊。

這樣的行為會傷害聽眾：

你不可以講羅伯森小姐所創作的故事，因為這是她的。如果你一定要講的話，你就欺騙了所有的聽眾，並且剝奪了他們從羅伯森小姐那裏聽到第一手故事的權利。

這樣的行為會傷害會議的主辦人：

這個主辦人好意的邀請你來演講，而你卻以虛假的資料來回敬他的好意。

這樣的行為會傷害演講事業：

我們現在越來越常聽到主辦單位這樣說：「你們所有的講師講的都一樣。」當然囉，因為他們之間是彼此抄襲的。

這樣的行為會傷害你自己：

你原本可以將你生命的故事和其他人分享的。你也可以成為一位專業的演說家並且有自己獨特的資料。然而你卻選擇了所謂生命中的捷徑而欺騙了你自己，並且讓你沒有機會以自己的獨特性為榮。你可能會更難以推展你自己，因為你最厲害的事情就是模仿，你可能只是一個廉價的故事模仿員而已。以下是一些可能對你造成傷害的事：

◆聽眾對你所說的可能會感到無趣，因為他們已經都知道這個故事了。除非他們都一直保持有禮的態度，至少會有一兩個人交頭接耳的和隔壁的人談你所說的妙語。

◆你可能會增加忘記你原本所要說的事情的機會。畢竟你要靠背誦，才能完成這場演說的。機會是貯存在一個短暫的記憶當中，而這個記憶卻已經充滿了這些讓你聲名狼藉的檔案。

◆你的動作可能會看起來非常的生硬及不自然。記住，因為這不是你自己的故事。因此你無法透過回想來幫助你創造出這個故事。相反地，你必須強迫自己去演出這場故事，這要比回想故事來得困難多了。

◆你無法讓這個故事充份發揮。複製再複製，我們稱之二次複製。這種二次複製的東西一定不會比原版來得清楚。而你「借來」的故事也是一樣。

◆你錯失了與你的聽眾建立一種有意義關係的機會。

秘訣

有些業專的演說家常常會提到他們的「招牌故事」。所謂招牌故事也就是由這個講師原本創作的故事，而後來成為這名講師的故事註冊商標。這些招牌故事的內容都不一樣：像麥克史谷特就是以他的「渦狀形」故事有名；米契爾先生則以他自己的生活故事為主；琴娜羅伯森小姐則以她的權杖故事有名；里茲克提斯（Liz Curtis Higgs）則以她那窄的褲子所產生的故事為主；葛拉帝羅賓森的緞質籃球短褲及松焦油的故事；佩崔夏．弗立普的「法國人」及自己人格特質的故事；傑夫史拉斯基包租了一輛李爾噴射機去赴一場演講的故事等。

一般有歧視別人傾向的人往往會偷取別人最好的東西。在這種情況下，模仿一點都不是創新，因為點子不是來自自己的內心。馬克梅菲德不自覺的重複講了一個別人最有名的的招牌故事——梅飛德，因而失去他的信譽。他下一步做了什麼事情呢？梅菲德向這個人挑釁並且溫和的跟他說：我們兩個人偷竊別人的點子非常愚笨。

梅菲德指出：你連對方的創意或是構想都不可以偷，因為偷竊的行為是從細微處開始的。因此，這兩個講師都談到有關他們的太太如何討厭貓咪的故事，而兩個人都堅稱說他們的故事是原版的。問題是，如果這兩個講師的太太都宣稱：「是談我的事或是我的貓咪的事」，而這個講師也說：「如果你改變你的想法的話：：」

請發展你自己的故事。回想你生命中一些不同的故事。問你自己：「我生命中轉捩點是什麼時候？」」也就是詹姆斯修姆所說的：「靈魂的憾動者常常會是上帝、國家、家庭及死亡等。」躍居榜首的是當我們碰到尷尬的時候及成長過程中的挑戰。這些人生中的主要經驗可以說是最個人及最普遍性的。回顧你的生命，分享你真正的生命歷程，這樣你一定可以獲得一些好的反應。

給你生命一個理由。運用你的生命寫出你的生命之歌。就像《你就是音樂》一書的作者羅西塔裴瑞茲（Rosita Perez）所說的：

有許多講師認同將他們的技術及訓練教育拿來和聽眾分享。當我們瞭解時，我們就能更加有創意的將我們的思考加進去。我並不是說這樣很容易，或這是說這樣就沒有風險了。如果你的目的是希望能有所不同而不只是要演講的話，那麼故事自然會有趣。

可能會中傷人的故事

虛假的事情一經寫下來就會形成毀謗，而一經人們講出來時，這就是一種中傷。縱使你的故事是真實的，你還是要考慮過後再說。隱藏牽涉在這個負面故事中的人的姓名，這不但可以保護你自己也可以保護會議主辦者。唯一例外的是：這個故事已經由大眾出版披露了，而你只是講一個大眾皆知的事實而已。當然，如果你要講你自己的負面故事時，當然是你的自由囉！所以，如果你所談的是有關客戶服務的事情，你可以這樣說：某某公司於某時，沒有將款項退還。——只要你所說的事情是真的。

「講廢話」及拖泥帶水的話都會讓你及你所要談的事情不清不楚。在你談到一些悲傷的事件時，請仔細想想。請確定這個故事不就是在談你自己。

陳腔濫調的故事

在一場會議中，有一個女子站了起來，她走到了中央廣場並且說：「我們協會的主管要我唸一首小詩。他們都非常喜歡這首詩。」這個會議的主要演講人大吃一驚：因為她所唸的這首詩正是另一個講師每一次在他演講結束前都會唸的一首詩。所有的群眾都非常喜歡這首詩，並且大聲為這個「作者」鼓掌。她微笑的回到位子上坐下，並交給這個主要演講人一份影印本。「朋友們，如果你們喜歡的話，你也可以使用本詩。」她很大方的寫在邊邊。

一點也不是這樣。首先，寫這首詩的人早已不可考，所以我們也無法給他應得的榮譽。第二，以這首詩流傳的速度來說的話，它早已流傳好幾遍了。第三，如果這兩個講同樣一首詩的講師被同一個團邀請前往演講呢？這首詩已經失去價值了，因為它已經被一講再講變成陳腔濫調了。

你曾經嚐過那種又冷又陳腐的栗子嗎？別麻煩，不用嚐了！它們的味道很可怕的。所謂陳腔濫調就是經常使用且陳腐的——一個被許多人講過的故事。無論如何要避免這種情形。因為他們是演講事業中腐敗的根源。

具有治療性但是還未成為神話的故事

因為我們希望達到故事的真實性，所以有少數的講師會在講台上分享他們內心中最深最沉的秘密。這不是個好主意。你實在沒有權利拖著聽眾和你一起走過你內心的傷痛。

請問污水和沼氣之間有何不同？處理過程。將你生命中痛苦的經驗找出來，並且以神話視之。請體驗一下這樣的情形，並且找出其中成長的可能性，然後如果你覺得適合你的演講時，請和大家分享你的教訓。

當你的故事仍需要某些時間及空間時，是否有些徵兆呢？你是不是每次談到這個故事都會哭呢？不對！觀眾因為沉迷在你的故事中，但是因為他們不能繼續聽下去而感到難過嗎？錯了！你對於你所提的故事是不是感到只有百分之九十的輕鬆。錯了！

講師與訓練師，瑪麗符加佩特，用百分之九十的規則，當指導方針：「如果我自己只有百分之九十的舒適感，那麼我知道我的聽眾只有掌握其中百分之十的不確性。這也就意味著其中的風險太大了。」相信你的勇氣。如果故事內容與你有關，請你再拉回來並且想想，然後再重新包裝它。

不適合聽眾的故事

有一大部份做生意的男性，對於你談到關於小孩子多麼可愛的故事，是沒有任何的回應的，縱使這個故事所呈現的正是你所要表達的重點。同樣的，一般而言，女性聽眾對於運動的專有名詞及球隊中的笑話也沒有興趣。所以請對於不同性別的聽眾所喜歡的主題要有一些敏感度。例如：有一次有一個大公司的總裁曾經在一個演講當中損失一半的聽眾。因為他將主題從企業的領袖轉到一個看起來像是酒吧中東張西望的傢伙。

同樣的，如果你的聽眾都是中產階級，而他們的收入都不超過三萬美元時，如果你告訴他們有關你BMW汽車送修的一些問題時，那麼這樣的故事效果將會不好。說真的，我們談這些顯然有一點刻版。但是現在我們所談的只是基本常識罷了！演講的遊戲規則是將聽眾包含進來，而不是將之排除在外。如果你選一個和聽眾沒有關連的故事，那麼聽眾就會將你摒除在外了。

想想聽眾的組合及其參與的目的吧！如果參與會議的人都是為生意上的研討而來的話，那麼你講到你可愛的家庭生活時，這就有點像在小丑了。你必須知道這些聽眾來自何處，而你又要將他們帶往何方。如果你一開始就談商業上的故事或是有關其產業上的故事時，這就能清楚的告訴他們你知道他們的背景。一旦可以將他們的戒心解除時，你就大可將你的個人的故事搬上台了。

秘訣

規則似乎是這樣：如果聽眾愈屬於從事左腦行業者，你的故事就必須運用愈多的數字、事實，更商業取向。左腦行業包括會計、工程、研發和科學。而聽眾愈具有右腦色彩，你盡可放心說些幽默故事和個人軼事。你可以讓你的故事更具有左腦的色彩，例如你可以在故事中加入數據等。「根據研究的專家告訴我們，一個家庭中有百分之四十五的家事是由男性來完成的。」接著你可以提出一個故事來支持這個論點。你可以用一些相關的數據，使你的資訊更具有左腦的色彩，像是：「現在讓我來告訴你三個成功的秘密……。」

不合適你的故事

瓊安・瑞福（Joan Rivers）在她的《進入話題》（*Enter Talking*）一書中提到：當她剛踏入漫畫界時，她的顧問及經紀人創造了一個並不合適她的人物。但是瑞福小姐很相信她自己以及她的漫畫能力。所以她就採用了這樣一個人物：一個珠光寶氣並且父母急著催她結婚的女子，瑞福因此在事業上飛黃騰達。

你是誰？觀眾認為你是誰？如果你和他們所想的不一樣，那麼你還是會失敗。如果沒有一致性的話，那麼你的訊息也會被認為不真實。你在語言上及非語言上的訊息必須要一致。當這兩種訊息有衝突時，通常非語言上的訊息較會顯露出來。我們的肢體語言是不會說謊

的，因為我們不可能在下意識所傳送出去的訊息是假的。如果我們可以克服這種問題的話，那麼我們早就榮獲奧斯卡獎了。

可能冒犯人或是沒有為人留下餘地的故事

喬治很有自信的步上了講台，並且用很優美的聲音說道：「統計是一件有趣的事。統計常常會給我們許多資訊，但是這些訊息不見得是我們需要的。例如：昨天的報紙指出：本城市中就有35%的女性有通姦的情形發生。」他停了下來，調整了他的眼鏡後就將剪報塞回口袋中。「這是一個有趣的報導，但是卻沒有任何的幫助。我真正想知道的是她們的姓名及電話。」

喬治現在是一個很活躍的演說家，並且是個輩受尊重的商業顧問。但是在這個特殊的商業場合中，他可能腦筋不清楚了。有二十三個觀眾，在事後前去見會議主辦人大為抱怨。有四個男人坐在教室中，其中有二位竊竊地笑著。另外十九位女士無語地坐著。

你可能會說，喬治是一個討人喜歡的人。但是如果他討人喜歡的話，就不應該說這樣冒犯他人的故事了。然而，他卻這樣做了。

秘訣

你不知道你的評論是否會冒犯人嗎？你可以試一試以下兩種方法：(1)在你可能冒犯的族群中加入其他的文字。例如：當喬治提到「女人」這個字時，他可以加入說明是猶太人、非裔美國人以及殘障人士等。這樣看起來就有冒犯之意了嗎？這樣的改變或許有幫助，因為我們可能對於某個族群會比另一個族群來的沒有那麼敏感。(2)你可以先請教不同信仰、種族、性別或是特殊需求的人士，看看你的論點是不是會冒犯人。你要非常誠懇的問他們，並且謝謝他們給你的意見。

侵犯他人隱私的故事

有一個女講師在台上談到她丈夫在找工作上的困難。當時她丈夫正坐在觀眾席中。他非常的不開心。後來她還問他：「你介意嗎？這件事常常讓人大笑！」他惱火了：「沒錯，但是卻犧牲了我。」這個故事的代價太高了：她出賣了她先生的好意，卻只換了拙劣的笑聲。

在你分享你所愛的人的故事時，請和他們弄清楚實際的情形（如果你要用你朋友的故事與大家分享時，請記得與他們商量。他們或許會覺得不好，或許覺得可行。你最好找出較易執行的方法）。

打破規則

現在你已經學到許多方法了，你可以試著去打破這些規則——但是要謹慎去做。

你可以在其他講師許可的情況下使用他的故事

如果這些故事不是他們的招牌故事或者這只是一般領域中的基本常識，那麼他們一定會同意的。有一個講師打電話給一位資深的講師，她問他是否允許她使用書籍後面的練習。他告訴她：「有許多人都用了我的資料，但是卻沒有人問過我。我很高興妳很誠實的問我，我的資料你儘管用吧！但是你要記得在你的手稿後面提到我就是了。」她照辦了。

如果故事有中傷人的意味，那麼請不要說出冒犯者的姓名

你可以這樣說：「某大公司的總裁希望能夠匿名……」然後就打住了。

坦誠對觀眾說明這是以前的人說過的

「你們或許有很多人聽過這個故事，但是請你們多多包涵。我認為這個故事可以很明確的說明我的重點。」這樣可以讓你的聽眾欣然同意，也可以讓你順利的講這個陳腐的故事。莉莉華特小姐建議我們可以用小說的手法將這些陳舊的故事重新詮釋過。狄威特・強尼就重新詮釋一個已經被人講過許多遍的故事，一個小男孩將他手上的海星放回大海中的故事。他問道：「如果小海星不願意回到大海呢？如果它不願意花了一輩子的努力就為了游到彼岸呢？」話鋒一轉，製造了滿堂采。

將你的故事告訴你的好朋友或是醫生

如果你無法從頭到尾說完故事或是你還未處理，這時你或許可以很自然地說：「我需要幫助。」當你自覺有濫用講台的情形發生時，你該問自己：「我很在意我自己嗎？」演講是要花很大精神及體力的。要表現好的話，你就要讓自己更有彈性並且活在當下。如果你對於生命中的某些事件還未能釋懷的話，你就別提。因為你是要將演講當做生命中的事業，所以你要更用心在你的故事上面，這樣故事就不會隨著你從這個講台流浪到另一個講台了。

當你有強烈的慾望想要將你的故事與大家分享時，請要多注意。這是很好的現象，因為你已經可以從自己的感情上出發，而不會限於要將故事講好而已。

如果你可以妥善安排的話，故事也不一定會不合適觀眾

在你決定要不是用這個故事時，請多思考這個故事在演講過程中的安排。一般來說，你的演講中個人的故事越多的話，你就越應該將這一類的故事安排在後面。

這個故事不合適你嗎？

或許你需要改變聽眾對你的印象。當我對來自鄉村的聽眾演講時，我會刻意的將我在鄉下成長的故事和他們分享。如果我沒告訴他們我小時後這段的話，那麼他一定會懷疑我所講的在電梯中狼狽不堪的故事。在你希望改變聽眾對你原本的印象之前，你應該和他們分享一些可以適度改變他們印象的訊息。

如果我所說的內容對你有冒犯之處，那麼，對不起！這樣的冒犯是不會改變的

已故的喜劇演員，丹尼斯・沃爾夫伯格（Denis Wolfberg）經常在他的劇中，表演他冒犯別人的情節。他會說：「所以這個女士就打電話來了，並且說你竟敢說XXX三個字。」這時他會將XXX這三個字以別人的聲音來發音，這樣就顯得不會這麼冒犯別人了。沃爾夫伯格真是一個天才。他可以用這樣的無禮的言語製造喜感，而且還讓聽眾愛的不得了。

有個講師和我們談到了一個孩子的父親在學校擔任值星。他說了一個不乖的小孩。這小孩寫了一個一般人直接以單字來押韻而不以「X」開頭的字。然後講師特別強調的說：「我知道你們一定和我一樣驚訝！」這個講師將這個故事架構好，然後由聽眾將這些字填上。所以他一點都沒提到這個X字。因為這樣的動作，他可以和聽眾站在同一個立場。他想出一個使用這樣資料卻一點都不會有無禮情形發生的的高明辦法。

不可以侵犯別人的隱私

你只要改變這些劇中人的姓名即可。如果你在與別人分享這個故事之際會造成當事人的

困擾時，請你以故事的方式來述說並且隱藏他們的身份。你或許可以這樣說：「有人告訴我這樣一個故事。」這樣可以將你曾參與過這件事隱瞞起來。還有其他的方式也不錯，像是「我有一個朋友告訴我這個故事……」或是「我聽說有一個人」。

你甚至可以改變這位劇中人的工作、住所及虛構一些情節等。另外有一個更棒的方法是：將許多人的特點融合為一。有許多作家常常運用這樣的方法來創造書中的角色。

這件事會帶來傷害但卻是有益的

如果你所說的事情令聽眾感到不愉快的話，那麼你應不應該說呢？情形是不一定的。如果你希望自己能夠不斷成長的話，有些故事你還是要聽的。你或許受雇於人去談一個令人不高興的事實。那麼你要如何傳遞這樣不愉快的訊息呢？有一個好方法是讓聽眾自己去發掘事實。

有一次，有一個講師受一個規模日益萎縮的政府單位邀請去演講。這個單位的職員都在工作崗位上多年。他們心裏都非常的忿怒。在與這個單位詳談過後，讓講師更清楚這些職員的盲點。無論怎樣，他們都覺得人事的縮減是針對他們而來。因此他們覺得這些事情對他們不公平。

這個講師要怎麼辦呢？這位講師見了所有的員工。然後他繼續研究「改變」的事情的。在他演講之前，他請這些員工針對「改變」一事做了一個小小的練習。他的題目是：「有多少人每天會改變工作的？」許多人都喜歡這樣的腦力激盪，所以他們也不例外。他們都急於將題目完成。當他們答完這些題目時，他們發現原來改變是隨時會發生的。突然地，他們並不覺得自己是被特別挑中的。

接著，他又問一些資深的員工：「在他們的工作生涯中，他們曾看過這個單位做過那些改變。」資深的員工說話了：「有了！我想到我曾經看過的一個改變。三十年前，像這樣的會議我們是不可以參加的，因為他們不讓有色人種進入飯店。」

四面一片寂靜。這個故事需要有人講出來。但是講師找出一個不會與他們衝突的方式說出來。沒錯！還是有人覺得不舒服，但是這種不愉快已經轉化為一腫沉痛的心情。不要因為故事會讓人不快而害怕。在講出這個故事時，請注意在何時、何地及如何表達是很重要的。

真實與虛構

現在是討論故事演說中的真實與虛構情節的好時候。盧海克勒是一位說故事的高手，而他太太，喬娜蘭（Jonellen），也是是三本小說的作者，所以他笑著說道：「真實虛構之間其實是很模糊的。」

經常有些入門的講師會擔心，如果講太多故事的真實面時，則它的故事性就不佳。我們無需知道所有故事的細節。所有重要的細節可以架構出故事來，我們也需要藉由這些細節讓故事有生命，但是不要把你生活的一切都一五一十的向聽眾報告。

那麼你所講的故事其真實性要有多少呢？首先，它們必須要以事實做基礎。無論你怎麼說，這些故事聽起來都要有真實性，你不可以讓聽眾有任何的懷疑。當聽眾沈浸在你的故事時，他們會暫時不會對故事有何懷疑。聽眾也會跟隨你進入這個值得半信的情況。

如果你不會讓他們覺得尷尬或是完全的占他們的便宜，那麼他們寧願被你誤導。

第二，貝瑞曼先生建議無論如何你一定要保持「情感上的真實」。所謂情感上的真實「也就是我們人格中較高的的層次，這是完全以事實為基礎的」。當我們所談的是「情感上的真實」時，我們所指的是感覺上的問題而不是文字上的問題。這也就是說你的聽眾是願意接受這些新奇的想法的。畢竟，如果你想要愚弄我，你也得挑一個好理由。當聽眾承認「情感上的真實」時，就代表他們不會太注意這些細節的。

第三，他們在公平的立場上必須要真實。如果你只為了你自己而欺騙聽眾的話——也就是講一些低級的笑話——那麼他們一定會生氣。但是如果他們使用這些技倆的目的是要大家瞭解事實，這樣他們應該值得原諒的。

如果你所說的故事並不長，目標非常的宏大，而且他們在歷經這些故事時不會被戲弄，這時聽眾就會暫時放下他們的理智和你一起神遊這個故事。

請記得：無論怎麼樣，真實總是比故事讓人覺得陌生。如果你每天打開報紙，你會發現每天都有一些荒誕的生活故事可以運用在你的演講當中。在一九九六年八月二十日的聖路易斯郵報中，在死者簡歷一欄出現了有關伯特•敏欽（**Bert Minkin**）先生，一個專業的故事演說家及自由作家的金言：

在一九九一年冬天，敏欽先生活在一個可怕的真實故事中。他在一所大學的校區中跌倒在冰上，屁股重重的摔了下來。雖然他仍然可以聽到汽車從旁飛馳而過，但是他卻全身越來越冷——就像他後來描述的「是在冰箱中的蚌一樣」。最後在他處於這種痛苦約一小時之後，有兩個七歲的小孩看到了他。有一個趕快跑去求救，而另外一個留下來安慰他。

這兩個小男孩是幼童軍。敏欽先生在病床上告訴他們有關這兩個小孩的善行。

他說：「我從來沒有像這次一樣可以寫出這麼肯定的故事。」

格言說：「真實總是比故事讓人更陌生」當我們先看到事實，然後融入更深的事實——人類所有的色彩及陰影——都會與生命息息相關的。

詩的特權

詩的特權是我們特別給予詩人在創作上的自由。當回憶你小時候在幼稚園時的愛情故事時，聽眾將不會因為你不記得你的女朋友的頭髮是紅的、棕的或黃的而不能原諒你。聽眾不會這樣就不原諒你是因為他們真正要聽的是故事，至於細節部份只是用來幫助他們體會出故事的情節。

如貝瑞曼所說的：「我是一個創作型的藝術家而不是一位新聞記者。新聞記者的工作是報導實情，而演說者所求的是故事的真實性。」當你講完你年少時代的愛情故事時，聽眾只會想要瞭解你所說的故事真實性有多少，而不在於這位女孩的頭髮是什麼顏色的。

我並沒有誇張，我只是將它說得比較誇大而已

如果你不將故事說的誇張一點，那有什麼樂趣呢？如果有講師告訴你她一直留在她的飯店中。很好！接著她會說有許多人都等著要聽她演講來製造與後面所言的衝突性。現在她可能又會告訴你將近有四、五十人等著見她。但是如果她說有將近五百個老闆級的人在會議廳等她，這時你會有什麼感覺？她告訴你，從現在開始她還有一個小時的時間和妳交談。如果她改說她只有十五分鐘的時間呢？或是她告訴你，她就在一樓。然而，如果她告訴你，她現在正在三樓，這時她在房間走來走去並不時的看著窗外，當我進來時問她：「我應該將鞋子脫掉或者我可以將鞋子穿進來？」

請仔細想想每個誇張的情節。故事的結構可否有良好的銜接？一個簡單的故事可以將其發揮到最大，將故事的情節以你最大的能耐將它變得有趣及有戲劇性。

問些神奇的問題

好故事的產生是因為你不斷地問：「如果……應該如何……？」以你用比較誇大手法寫的故事為例，你可以問：「如果裁判沒來該怎麼辦？我能先做些什麼？」請想一些比較特別的處理方式。

你可以回想到你小時候，你的媽媽說：「把東西吃完。你知不知道非洲的難民都沒有東西可吃嗎？」這時你的腦子可能會想出一些符合邏輯的點子，「我們何不把剩下的東西都送給他們呢？」

你可以依你的故事為準並且問你自己：「如果……應該如何……？」想想你那可憐的虔誠媽媽。怎樣的事情會讓她瘋掉呢？想想你的英文老師。有什麼事情會讓她昏倒呢？請有創意一點！請以以真實性的故事及令人著迷的故事手法來創造出一個令人難忘的故事。

何時不適合使用誇大的說法？

在舊時代裏，講師所談的話題都是一些老故事，而且他們都環繞著這個中心來做。因為這些故事不是新的，因此聽眾很快就知道他們是被欺瞞的對象。例如：有人告訴聽眾：

我在機場看到一個讓我驚訝的事情，這件事讓我感受到謙和的力量。有一個人匆匆忙忙地提著行李過來，他一面接受檢查員的行李檢查，一面對著檢查員吼叫。檢查員對他的吼叫卻沒有任何的反應。他只是繼續他的工作。這位氣沖沖的旅客又對著其他的服務人員大聲。而這個檢查員仍不動聲色，並且笑咪咪地將已查核的票交給他。我再也忍不住了。我一定要知道這位人員為什麼有這樣的本領動也不動，他說：「因為他今天的運氣不佳，原本要運送到阿拉斯加的行李，卻被轉送到牙買加了。」

這個故事要比萊特兄弟的故事更古老。如果有人告訴你這個故事，而且當時他也在機場

時，那麼他一定是國際演講協會的會員。

當有講師講到這一類的老故事時，他/她可能會說「這件事發生在我身上」，那麼其實他/她的技倆實在是很拙劣，其目地只是希望聽眾可以更加瞭解罷了。不過，至少還是有人會張大眼睛的。甚且，可能有一些健談者會在你講出這個笑話之前，就將其中的妙語講出來並且製造聽眾的笑聲（這時會讓聽眾在你講出之前就先知道這個妙語，因此你也喪失了講出這個笑話的時機了）。這時也可能有四、五個人都不相信你所說的話了，因為你在這個故事上欺瞞他們。

當你將別人的思想拿來做為已用之時，同樣的情形一樣會發生。有一個女講師將《未來優勢》（*Future Edge*）一書的作者，裘・亞瑟・巴克（**Joel Arthur Barker**）的創意拿來當做自己的想法。她在面對聽眾時鄭重地說：「就如我平常所說的，如果你是標準中風的樣子，那麼你除了恐嚇的話之外什麼也聽不見。」

其實這個想法原來不出自於他。不信的話，你可以翻開巴克所寫這本書的第二百一十一頁，這樣你就可以看到他真正所說的話了。你可以想像，如果巴克先生就坐在觀眾席時，將會有什麼樣的事情發生。

如果有人希望用你的故事時，你會怎麼做？

當你演講結束之後，你可能會接受了許多熱烈的掌聲。有一個女子走到台前，她說：「我一定要告訴你，我非常喜歡你的演講，所以我迫不及待的想要將這些東西告訴我辦公室的同事。」

這種情況發生時，你會怎麼說？這時你一定預先做準備，因為這種情況隨時可能發生。你或許可以這樣回應：

我真的很高興你喜歡我的演講。我相信你也一定知道我也對此感到非常的榮耀。因此，我也很樂於到貴公司與你的同事分享。我相信你應該不是說要將我辛苦準備的資料拿去應用吧！我應該沒有會錯意才是，不是嗎？

另外你可以在你的講稿中寫上：此資料為版權所有。你可以寫上：「本資料為XXX（你的名字）的資產，如您需要更多的訊息請洽：（您的電話號碼）。」

秘訣

有許多講師提到他們可怕的經驗，也就是有些熱心的主持人會將他們演講的精華先行介紹出來了。有一個避免這種情形發生的方法：那就是在你演講之前跟主持人確認一次。你可以告訴主持人這些介紹內容是你用心寫下來的。

你要仔細聽這個主持人講些什麼，並且對於他突發所講的內容要有心裏準備。有一個講師站在教室後面，他心裏不覺發麻，因為主持人足足講了二十分鐘有關他的演講精彩內容（因為這位講師是第三度被邀請回這個單位演講。所以主持人有足足兩年的時間可以將其筆記拿出來練習）。

知識就是力量

演講必須經過練習之後才會做得好。一般的講師通常很容易以他的招牌故事做為結尾。

這個故事就是回憶他父親臥死病床的情形。其實講師很直覺的發現聽眾並沒有進入故事中。

因為他已經講到故事的重點處，因此他別無選擇就只好繼續講下去。在他演講結束時，觀眾仍報以掌聲，但是只是一般的掌聲而已。後來有一位聽眾告訴講師：「你知道嗎？這是我們在這次所舉辦的會議當中第三次聽到講師談到他們死去的父親。」

當然，講師並不是在空談。但是要如何才能瞭解到聽眾在聽你演講之前有些什麼事情發生呢？

◆要求參加你演講前一天的活動。這樣你就有機會瞭解到其他講師對於聽眾所談的內容。

◆要求主辦人為你準備在你之前演講的講師演講錄音帶。因為很多的會議舉辦都會有錄音，而主辦人應該也知道你的需要，所以他們一般都會配合你的需要。

◆直接問其他的講師，看一看他們所談的主要故事是什麼？你在演講中應該和聽眾分享那一方面的事情？你要如何能更加強他們所傳達的訊息？

摘要

有些時候你應該避免談一些沒有效果的故事，這些故事可能並不合適你或是你的聽眾或是聽眾沒有心情聽的事情。對於不屬於你自己的故事、可能會讓你痛苦的故事或是會冒犯他們及侵犯到他人隱私的故事等都應避免。另外我們也學習了一些不適於分享故事的原則，但是我們也談到了如何在我們演講當中做適當的突破。真實和虛幻有時可以自由的運用，但是無論故事細節如何的鋪陳，你都應該保持它的真實性。最後，希望大家都能創造出自己的招牌故事，這樣你在講台前就可以和聽眾分享屬於你自己的精彩故事。

練習

1. 去拜訪一位專業的講師，請問他有關講師在演講當中其周遭環境的重要。請問他／她，如果在演講前發生有一些突發的狀況，他們會如何處理？
2. 想一想，有那些問題在你演講前一分鐘發生將會對你的演講有何重大的影響。你可以將這些可能的問題列於後：
●注意到天氣發生了變化。
●提到該單位有位同仁的死亡消息。
●觀看了一部悲傷的影片。
●裁員消息的發佈及工作的刪減。
1. 請討論一下，你要如何事先瞭解到聽眾聽您演講前的心情為何？
2. 假設有其他的講師將你的招牌故事拿去用，你要如何提到這個人及這件事？你會如何說？
3. 以你的生命為題材寫出一個故事並且創造一些情節以增加你的故事性。
4. 有一個聽眾在演講結束後走向前來，他說：「你實在講的太棒了。我把其中的精華都記下來了，這樣我下次也可以拿來用！」這時你會怎麼說？

創造你的故事

我相信每一件藝術品都是偉大的創作。在這些藝術品中都有這些藝術家、作曲家、作家及畫家們的生命，它表達出：「嗨！我就在這裏，請將我譜成曲子、將我寫下來及畫下來；藝術家的工作就是如此。」

——Madeleine L ,Engle, *Summer of Great-Grandmother*

在歲月的流逝當中，希臘羅馬神話仍然讓人神迷。而愛爾蘭的僧侶們還會些微的調整他們對文學的看法，因為它是代代相傳的，不管我們對它的印象是來自於童年或是來自遊走詩人的表演，因而我們所能做的就只有這些。

——Thomas Cahill, *How the Irish Saved Civilization*

幫助故事的發展

在你思考如何創造你的故事之際，你就會看到故事的發展及改變。你會發現，縱使你只是稍稍的做個停頓、一個手勢或是特別強調某個字時，聽眾都會感到非常的愉快及貼心。

亞倫凱蘭將一片貼在一張裸體男子海報上的葉子，比擬成他死去的老婆。剛開始他將手放在較低的地方做了一個手勢，這個手勢代表著枯萎的樹葉。後來他瞭解到這樣的手勢觀眾是看不到的，所以他就將手勢位置抬到臉部附近。

李茲克提斯因為聖經的關係想到了一個有趣的說法。聖經上說：「你的身體就是聖靈的教堂」克提斯小姐指出了上帝的矛盾。她說：「在某些時候上帝是無法決定停止建造的。」幾年後，她又想出了一句有意思的話，而且她每次講出來的時候，總是引起很多的笑聲：「你可以建造大教堂時，請不要只蓋一座小寺院。」經常運用你的故事，並且與你的聽眾一起分享，多練習你說故事的本領，這樣你就更有機會創造故事。

第一印象

問一問任何一位講師，怎樣的演講最難？你會發現要將同樣的演講內容講上兩遍或是三遍以上，這將會讓我們腦筋細胞死上許多。

「我不是早就說過了嗎？」你懷疑的說：「咦！好像聽起來很熟。」（當然，你在半小時之前就講過同樣的事情了。）

群眾對於新的主題會有會心一笑的動作，但是對於重複的事情不但不會笑，並且會讓整個屋子沉悶下來。你會對於這些話題越來越沒耐性。

演講者不像是在百老匯的長期表演的演員，因為你是要孤軍奮戰的。沒有人會提供你台詞，你也沒有任何伴奏。創造演講的高潮是你的責任。要一直保持演講的新鮮是一件極大的挑戰。亞倫道林指出：這也就是史丹拉夫斯基（**Konstantin Stanislavsky**）在其《屹立不搖的訓練師》中所說的：這種在重複的過程中所需的新鮮感稱之為「第一印象」。史丹拉夫斯基是方法演出之父，這種方法就是幫助演員來達到最好的表演。你越在故事上用心，那麼你就會越熟悉，並且將它變成你的一部份。這樣你就比較不會讓故事變的呆板。

記清楚你的故事

現在你是一切的焦點。你此時正走到講台中間，並開始精彩的故事演說。突然間，你忘了這個故事的次序——這時你心裏的感覺可能就像是一隻在馬路上被車燈照到，而被捕捉的小袋鼠一樣。你眼睛會瞪的大大的、口吐白沫，而在你的心中只是不斷的想要觸及那些早已消失的記憶。

這種情況在你有所準備及練習的情況下是有可能發生的，更何況你一點都不練習呢！你一定要記清楚這些故事，你必須確定以下事情：

1. 不斷地將故事演練到最好。
2. 不可忘記故事的任何片段。
3. 不可忘記故事的次序內容。
4. 記住新故事的內容。

在運用這些故事時，你一定要想辦法記清楚，並且能隨時找到這些故事及拿出來立即修正。

你為何要有故事的存貨？

有許多講師為了要改進他們的演說，因此他們常常會將舊的故事拿出來重新改編，成為新的版本。

日本人將這種不斷改進的過程稱之為**kaizen**。當你剛踏入演講界時，你所取用的故事可能普普通通。在你的演說生涯中，你會發現特別的故事只能用在某些情況。你可能希望你的故事有些不同的來源，所以你也會開始講一些有關商業上的故事，而不只限於個人的故事。雖然一開始你的故事普普通通而已，但是你會繼續努力，並且以更精彩的故事來取代它。這種情形就叫做**kaizen**。

為了讓每次的演講都有所進步，你可能希望故事庫能不斷地成長，這樣你下次演講就有新的資料了。或者你原本的資料可做一小時的演講，但是你希望如果觀眾要求你時，你就可將之變為一個半小時的演講。你希望有不同的故事，這樣你的演講會更有彈性而且可以接受不同的挑戰。大部份的講師都明瞭，你所聽到及所看的任何故事都非常的珍貴，是不容許遺漏的。

有一天我問聽眾：「告訴我您生命中的大變化以及上帝給你最奇妙意外的祝福。」有一個活潑的女士，克麗斯塔（Krista）說了：

我帶了三個小孩去買鞋子，逛出來時我們總共買了七雙鞋。我在回家途中順道到醫院瞭解檢查報告的結果。你看我身上到處都是瘀青。但是我覺得還好。我可以確定應該沒事。

結果我竟是得了白血病。

我問了醫生兩個問題：(1)什麼是白血病？(2)這種情形會掉頭髮嗎？

我後來知道了白血病是一種血液的疾病。我後來才知道掉頭髮只是其中最輕微的事情。

當然囉，我也接受了治療並且在去年六月做了骨髓移植手術。而我弟弟也和我的情形一模一樣。我不認為他的情況會好到那裏！我想今年聖誕節一定要去看看他……

我的病改變了我的生命、我的家人及我的人生觀。我對於一些小事情也比較不會計較了。我不會答應別人每件事情，因為有些事情我希望能趕快做。在我生病之前，我丈夫常常有事要開會，而現在他不像以前那樣，現在他有時間就會陪陪小孩。他現在應該更瞭解孩子了。我想這是上帝賜與我的另一種祝福。

而現在我正處於「康復期間」，醫生告訴我，我有百分之五十治癒的機會。你可以看到我的頭髮慢慢長回來了，但是它以前是金黃色的。

所有的聽眾都寂然無聲。我當天實在沒有任何故事會比克麗斯塔所說的還要重要。如果我沒記住克麗斯塔的故事的話，我的聽眾就會喪失從她的苦難中學習的機會。如果我們身為講師卻將此故事忘記，如果我們沒有讓聽眾分享，或是沒有讓聽眾給我們這次機會的話，那麼我們實在愧為一名講師，並且愧為人。

你無法以你的立場來運用每個故事，但是你必須緊抓住每個故事，然後為它們找出合適的地方。今年我將為這些故事出版成文集。真感謝我沒有錯過這些故事，因為我所出版的都不是我在講台上所談到的。

如何製作故事的目錄？

為你的故事標上記號，可以是非常簡單、不正式或是相當複雜。如果你只做一種演講，而且只有一套故事時，你所要做的就是練習故事而已。但是如果你的故事不斷增加時，你就要利用別的方法來製作故事的目錄了。

不正式的目錄的製作方法

- ◆以一個字做成的目錄來喚醒你對這個故事的記憶。
- ◆在索引卡上寫下一些重點文字。
- ◆將你所有的故事列出來，利用其中的一兩個字來幫助記憶。

較為正式的目錄製作方式

- ◆將你的演講錄音錄下來。
- ◆將你的故事錄成卡帶。

◆運用索引卡，將故事中的重點、次序及有趣的地方記下來。

正式及嚴肅的目錄製作方式

◆製作一章故事圖表，並標出你可以使用的場合及聽眾的反應。

◆將你的故事逐字的抄下來。

◆將你的故事錄音下來並且貼上內容標籤。

◆將複習故事的方式及計劃做出來。

◆為每個故事命名。布萊克曼（Jeff Blackman）先生就做了一份一百八十七個故事的目錄。他為每個故事命名並且在他演講前都會再檢查一次，以確保故事不會重複。

◆創造一些可長可短的故事。

◆分別列出完備的故事、需要再修改的故事及需要再創作的新故事。

秘訣

珍娜羅伯森小姐每天都會記錄下她身邊所發生的趣事。除了要掌握這些她日後演講要使用的資料外，她本身從這樣的訓練當中也受益良多。每隔一段時間，她都會重新審視她的日記並且決定那些故事她可以再加工，而那些故事需要丟棄的。羅伯森小姐運用了教師評等的方法將這些故事做分類。她對於演講要用的故事都特別的做標記並且記下有關聽眾的反應。這種方法幫助她可以更注意那些故事她已經不用了，那些故事她需要再修改及那些故事她還要用。

試用新的題材

如我們在前面章節中所討論的，經由故事的練習可以讓你在演講時將故事使用的更精練。當你在練習故事時，你必須注意到故事是否適合及聽眾對於這個故事的反應。當你試用新的題材時，請注意其結果，這樣可以幫助你更加客觀的來看這個故事，在使用上更加安全及不斷地修正，讓它發揮最大的效益。

許多講師會在原本的演講當中加入一些新的故事來瞭解聽眾的反應。顯然地，這樣的方法是比較沒有風險的。

有一個講師的朋友有一些新的點子。她利用免費櫥窗為她新資料展示的地方。「畢竟，我沒有付一毛錢，我也沒有欺騙他們。我們雙方都有獲利，而且我得到了免費使用資料的機會。」

在你還未完全練習之前，不管你是一段一段的試或是整個拿出來練習，請你無論如何都不要放棄。故事可能因為不同的原因而不能使用。你還是要不斷地練習這個新故事。否則它一定不會適用於聽眾的。

至少你在放棄故事之前一定要做一些努力的。請繼續追蹤故事的發展及將它編入檔案中。

摘要

本章所討論的重點在於掌握故事的本質，及鼓勵你以現有的故事為基準想辦法再加以改

進。我們也談到了第一印象的問題，這是保持演講的新鮮及趣味。另外有許多讓講師可以運用的故事創作方式，這些方式從簡單到非正式及複雜點的方式都有。講師要不斷地試用新的題材。

練習

1. 重新再看一個你先前講過的故事。請你再講一次並且看看你所講的有沒有什麼改變。
2. 請各拿一卷專業講師的錄音帶及錄影帶。請你看看你是不是能夠看出來他們所講的故事有何改變及新發展。那一種表現方式你比較喜歡？
3. 請試用每一個編製故事目錄的方法。看看那一種方法最合適你？

將幽默運用於台上

要成為有趣的美國人，你必須要有一種偏執傾向的激諷本領。（如果你曾經栽在美國醫界的手裏，那麼你可能會覺得好多了。）

——Jane Walmsley, *Brit-Think, Ameri- Think. A Transatlantic Survival Guide*

運用幽默可以讓你無所禁忌的談，也可以讓你在詭異多變的情況中航向成功。

——Babara Mackoff , *What Mona Lisa Knew*

想要培養幽默感及以幽默的方式來看事情，是我們在日常生活當中所學到的技能。

——Viktor E. Frankl, *Man’s Search for Meaning*

如何演講？

有句名言說：「在演講事業中，你不一定要滑稽，除非你希望有收入。」現在這句話更是有道理。

現在專業的講師越來越能製造娛樂的效果，而現代的聽眾也希望聽到這些演講，可以讓他們笑翻天。這些專業的講師不得不接受挑戰，否則他們就會喪失他們的舞台。有一群來自喜劇俱樂部的精英——在這裏要謀生不易，而且這樣的生活生式也會讓你受不了——迫使這些憂鬱的講師講些笑話。史谷特先生瞭解這種情形，因此在演講當中可能提到大鳥、跳躍的文字及擬人化的恐龍及桃子等，這些都會讓聽眾覺得演講本身就像是表演事業。表演的目的主要是要製造歡樂，因此講師或是解說人員不管所講的內容好壞，他們都必須隨時能夠產生幽默。

每年國際演講協會舉辦年會時，強調幽默團體（Humor Professional Emphasis Group）都會擠滿休息室。連這些不屬於幽默演講師的人都擠到了這個休息室來，他們希望能在這個會議中找到一些妙語，或是秘訣以便以後能夠將一些生活軼聞也變成有趣的故事。

為了要能運用得當，講師們都非常謹慎的運用幽默。有一個非正式的調查問到了講師們是否會刻意將幽默安排在演講中。答案是百分之百肯定的。除了參加「強調幽默團體」之外，他們也常常會藉由演講教練、其他的講師、閱讀幽默的通訊資料，甚至從夜間電視節目主持人那裡來獲得線索。所有的努力就是希望能夠創造其演講的幽默效果。

何謂幽默？

以下是對於幽默所下的定義：

◆馬克梅・菲德說：「幽默就是誇大及意外的。」

◆葛拉帝・羅賓森說：「對於一般情形的反叛就容易產生幽默。」

◆「是我們在害怕的情境中仍能找出其中有趣事物的能力。」喬治・法林特（**George Valliant**），哈佛醫學院，精神病學教授。

◆「幽默是一種藝術。不管是那一種藝術，只要你不斷去發掘它，你都會越來越能夠領悟，並且可以增進你的能力。」羅傑・貝氏（**Roger Bates**）。

◆「幽默可以幫助我們改變對生命的看法。也是我們在面對壓力時的創意性突破。」羅瑞巴德（Lorrie Bard），羅拉基爾巴德（Lola Gillebaard）及史都華及吉安・蘭娜（Jeanne Learner）。（咦！和這些所有的作者比起來，你對於幽默的定義可能要長多了！）

為了要更瞭解什麼是幽默，我們必須更具體的定義。懷特（E.B.White）先生說：「幽默也可以像青蛙解剖一樣，但是它可能在過程中即已死亡。」所以我們必須冷靜地、有邏輯性的分析幽默，這樣我們才能再造幽默。首先，這裏有一個對幽默的全方位定義：幽默也就是意想不到的。想一想，小嬰兒在玩躲貓貓時所發出的快樂聲音。她的快樂來自於：她知道嗎咪並沒有真正消失的驚喜。我們的聽眾也喜歡這樣的驚喜。他們希望獲得驚喜，他們喜歡看到東西剎那間消失又出現。我們要製造幽默就是：將我們的聽眾放在一輛快車中，車子行駛於歧嶇多彎的巷道，跳動前進，最後緊急的踩下煞車。當他們上氣不接下氣的從車子走出來時會大呼：「再來一次！」

幽默的所有特質為何？

除了像我們這一代在MTV所看到的娛樂效果之外，幽默運用於講台上還有以下的功能：

幽默讓聽眾更能接受講師

你和聽眾之間的鴻溝就像是英吉利海峽一樣，只有在你迸出笑話時，才能夠消除這道鴻溝。這時，在你另一方的人們才知道：(1)其實你也沒有那麼嚴肅。(2)你和他們對於生命的看法是一樣的。(3)這是很有趣的。

幽默讓聽眾不會感到無聊

當你談到有趣的事情時，聽眾一定會全神貫注的聽。如果他們一句沒聽到的話，他們可能就錯過精彩的部份了。當這些內容很有娛樂效果時，我幾乎是不會感到無聊的。笑聲可以補充我們身體的養氣。讓我們心神集中。《專家般的演講》作者瑪琪•貝卓珊表示：「幽默讓聽眾有呼吸的機會，並且讓他們有機會可以吸收到他們所聽到的內容。」

幽默可以讓聽眾快快樂樂地學習

瑪麗帕金斯（Mary Poppins）建議說：「我們在藥中加入一湯匙的糖，可以讓藥味比較不苦。」當我們笑時，我們已經解除了我們的緊張系統，並且開啟了我們的好奇心。如果我們知道我們相處的時光，可以因為有笑聲而更加快樂的話，我們應該在事前就先做準備。任何人都不可能在身體處於緊張的狀態下還能夠笑得出來的。我們最好運用全身充沛的能量，但不是緊張。《他們殺死了經理，不是嗎？》及《讓幽默效果產生》等兩部書的作者泰瑞・保森（Terry Paulson）建議：「在幽默的故事當中，你最好不要加入你自己的意見，請讓聽眾完全享受其中的過程。」

藉由降低壓力及敵意，幽默可以讓我們輕易地處理困難及敏感的事情

如果在一些敏感的問題上面，我可以讓你笑的話，這時你已經解除防衛並且開始聽我講了。當我們一起笑的時候，我們也就同意了生命的難以掌握及不完美。當我可以自嘲時，就表示我接受了自己身為人類的軟弱。如伊西爾・貝瑞摩爾（Ethel Barrymore）所說的：「當我們學為自嘲的那一天開始，就代表了我們長大了。」馬康・庫西納（Malcom Kushner）在《輕輕接觸》一書中提到：有一個主管在一次會議中接受了一名充滿敵意職員的挑戰。這名

職員對主管說了一句：「你是最XXX的人！」然而這名主管卻笑笑的回答說：「你真是太聰明了。很多人都要花上好幾年才知道的。」這之間原本緊張的情勢很快地解除了。當我們瞭解人性時，我們心裡會覺得好多了，我們可以從被侵犯的陰影中走出來，並且會很快瞭解情況。我們在講台上先自我解嘲一番，雖然我們可能以專家的立場出現的，但是我們可以帶領大家走向一個學習成長的領域。

幽默可以幫助我們保留訊息

因為幽默來自於聰明的演說，因此我們會更用心的聽並且盡力吸收。保森先生指出：「我請我幾年前的聽眾將我以前所講的故事再重複一遍，而他們所說的就像當時我所說的一樣。幽默可以讓你所談的重點都能夠記下來。」幽默是在我的左右腦中並存的。因此幽默的故事會比一般嚴肅的故事在我們腦中的停留能力更強。喬伊斯•鄭特曼（Joyce Saltman）最後下結論道：「幽默會增加我們對於資料的記憶及演講資料的娛樂效果。」

幽默可以增進聽眾的創造力

因為有趣就是非預期中的，所以我們可以展開聽眾的心。也就是將知道的及預期的轉

向不知道及不預期的。在這個過程中，聽眾可以學到如何以新的方法來體驗這些新的訊息。

幽默可以促使聽眾使用右腦

幽默可以勾起聽眾的情感，並且可以肯定我們所有的學習方法。雪龍・鮑曼（Sharon Bowman）小姐在她的演講過程當中，都會加上與左右腦有關的活動，她自己說：「這是尊崇不同學習方式的方法。」有些講師常常只用一般的模式來演講，然而他們卻忽略了聽眾對於右腦的活動。幽默的故事都可以讓我們的右腦動一動。

幽默的演說家、詼諧者及喜劇人員的主要不同點

喜劇人員的成功與否，在於他所帶給聽眾的笑聲有多少。在這個競爭冷酷的喜劇圈中，喜劇人員只有短短的幾秒鐘來引起觀眾的笑聲。我們可以注意到，大部份的喜劇演員在製造歡樂效果時，是沒有什麼內容或是理論的。事實上，他們唯一的技倆就是讓觀眾不斷地期待笑料。

笑話大師則是指專門在講台上講笑話的專業講師。這種笑話大師就像喜劇人員一樣，他

們一個接一個的表演有趣的動作或是講笑話，但是其中可能沒有連接性。會議主辦人在邀請這位笑話大師時，就是希望他能夠帶來娛樂的效果。雖然有些笑話大師也會談些內容，但是還是必須以「笑」果為主。因此這一類的講師必須要維持內容的有趣好笑，以達成他們的工作目標。

幽默的講師也就是運用幽默來加強他所談的內容。這一類的講師常常都是會議主辦人的最愛。因此講師的幽默在這裏的功能更吸引人，更有附加價值。幽默講師被邀請的原因通常不是只因為他的幽默。

表9.1是不同型態講師的比較表。請注意每個不同的講師是依據其表達方式及內容來做評估的。

表9.1 不同型態講師比較表

聘用原因	演出者類別	幽默程度	內容
娛樂	喜劇人員	100%，但有點不入流	沒有
娛樂及部份內容	笑話大師	75%~100%	25%以下
內容及部份娛樂	幽默講師	75%以下	25%以上，但是與主題有關

但是一般講師怎麼會知道要安排多少的內容及多少娛樂效果在演說的過程中呢?演說者可以透過良好設計的問卷或是事先問觀眾一些適當的問題以瞭解他們的期望。

有些時候，主辦單位可能會要求說：「我們只希望談內容有關的事情。」當這種情形發生在保森先生身上時，他會說：「嗨!我只願意以幽默的方法來談內容，否則我的演講時間就會很短。」當你對於自己的演講方式越來越滿意時，你自己就會清楚幽默是不是你所要的、你要怎麼做及在對方要求之下你要怎樣處理。

在講台上有效果的幽默及沒有效果的幽默

在講台與幽默之間的方寸是很難拿捏的。在R級電影中，MTV及喜劇圈中常常可以聽到一些粗鄙的言語。在會議中心的酒吧中，人們只要兩杯黃湯下肚就會講些不入流的話，其道德的淪落就像八月天的豕草一般。但是在講台上，幽默必須非常的純潔。現代的觀眾甚至隨時想要揪住你所說的冒犯文字。

馬克梅·菲德在一次的演講當中被人警告:「你幾乎是在詛咒人。我可以看出來你是這樣想的。你知道的，我們是不容許你這樣的。啊哈!你就要倒大霉了。」

以下的四大方針將可以幫助你遠離麻煩：

不要用冒犯別人的言語或是用髒話

多年前在某個單位出現非常矛盾的事情。他們應該讓瑞特‧布特勒（Rhett Butletr）說：「坦白說，親愛的，我誰也沒幹？」我們越是禁止，而其所產生的詛咒就越多。沒錯，如果不用這樣的字眼的話，這句話一點效果都沒有。

你的聽眾對於這樣的髒話感覺如何？你最好是保持安全為上，而不是在事後說抱歉。將你言語中的「幹他媽的」等字眼拿掉。對於其他可能會冒犯別人的字眼也要特別小心。

當然，這類的低級幽默在喜劇圈很盛行。但是在講台上任何的反色情的團體報導都會讓你得到負面的聲譽。主辦人員也不希望在你離開後還要向聽眾及公司董事會道歉。如果你對於你所說的是否被接受有任何疑問的話，你可以這樣試試：我希望牧師或是市長講這一類的話語嗎？如果你的演講是在教堂進行的話，那麼你更是要牢記這點。

對於身體功能的描述要如履薄冰

雖然你已經避免使用到有關身體流質的描述，但是你仍要小心。在某個笑話大師的演講中，有一個客戶說：「你的演講讓我都尿濕了褲子。」然而另外一個可能的客戶卻因為這樣的評語而拒絕了這位笑話大師，因為他認為他的演講會引起許多的爭議。

所以重點不在於你或我怎麼想，而是我們的聽眾怎麼想。雖然我們身體的反應是正常而且也是生活的一部份，但是任何的家長團體或是企業領袖團體談到時，你都要裝做不知道這回事。讓他們自己去說吧！

不可以揶揄聽眾

有一門教導大家有關如何接近客戶的學問，那就是在你幽默的故事中加入他們的名字。沒錯！如果你不想再講的話，這可真是個好主意。有個講師應會議主辦人的要求下運用這個技倆，他以為他可以用的很好，但是沒想到他卻冒犯了主辦人，事後任憑他如何解釋或是如何做都沒用。專業講師的風險更大，他們不僅可能冒犯客戶更可能讓這個單位失去客戶。這樣的代價實在太高了。

同樣的，你也要小心你所說的話可能變成性騷擾。不要對於聽眾中有吸引力之人做特別的讚美。也不要對於別人恭維的態度嘲弄。記住：在聽眾席中的人有可能是被指派來的。因為這樣你可能更容易被挑出毛病，如果他們覺得你有可能講出性騷擾的話語時。這些人不像是在喜劇圈中的人一樣，他們不是來這兒享受你的低級笑話的。因此，如果告上法庭，他們很容易將自己描述成受害者。

絕對不可以種族或宗教為幽默的對象——除非你是對自己的嘲弄

如果你是愛爾蘭人的話，你整天都可以談些妖精的故事或是親吻布拉尼（Blarney）之石的故事（諂媚之石的故事），但是如果你不是的話，那麼你就是自掘墳墓了。如果你想要揶揄你自己或是你的背景，你一定要清楚的讓聽眾知道你是在嘲弄你自己的。

男女對於幽默的看法不同

有一個小男孩從暑假的夏令營回到家，他把他的祖母嚇了一跳，因為他說：「奶奶！我完全瞭解性了。」當她震驚之餘，他又說：「我們從螃蟹的外殼可以看出它是公的還是母的。」如果我們用幽默的方式來說，那麼它可以幫助我們瞭解性，並且我們對於幽默的接受度有多少就能瞭解到兩性中的不同有多少。

「以別人為導向的幽默」是男生常常使用的方式。男人從小就是在與別人競爭中長大。

男人從小到老，一輩子都在爭主導權。在嘲弄別人當中，男人就常常挑戰別人的優點。當他們揭發你的缺點時就表示他接受了你。

「以自己為導向的幽默」是女生喜歡的模式。女人從小就知道競爭是不好的，而且一個人表現比同儕女生出色時，那麼她就容易被排斥。女人自嘲時，比較不會讓自己有威脅性也比較不會被人家認為你是高人一等的。另外，女人也常常被教導要深思熟慮並且要照顧他人，所以嘲笑別人——特別是弱者——更是差勁的行為。

「情境式的幽默」主要是針對快樂或是笨拙的情境，所以它比較與人無關，這是另一種幽默。這是比較沒有風險的，除非有關的人特意創造這樣的情境，所以這樣的方式比較不會冒犯人。

為了要確定你的幽默帶給聽眾的是趣味而不是傷痛，所以建議你用「以自己為導向的幽默」及「情境式的幽默」為主。據葛拉帝・羅賓森說：「情境式的幽默因為是在自然的情況下產生的，所以通常它會比計劃好的幽默效果更佳。」然而可能有許多講師會忽略掉，情境式的幽默也可以在安排下看起來像真實的一樣。馬克・梅菲德有一次看了一場趣味天才——羅賓・威廉斯（**Robin Williams**）在鎮上的表演。威廉斯在人群中走過，他看起來很自然地並且滑稽透頂的對人們的服裝、髮型及外觀做了些批評。幾天後，梅菲德先生又看到他在另一個鎮上表演。你猜發生了什麼？威廉斯又穿過了人群並且「很自然地」對另一群人做了同樣的評論。

秘訣

對於你在從事講師期間，所碰到的問題你都可以事先準備，然後創造自然的幽默。首先你要將你可能碰到的狀況列下來。以下是一些觸媒劑：

- **◆草稿不見了。**
- **◆服務太慢。**
- **◆餐點的品質。**
- **◆外面的不良天候。**

一流的喜劇大師戴爾・愛文（Dale Irvin）是一個會降低觀眾因為抓到你的把柄而激笑你的人。因為他常常創造情境式的幽默。他在吃完午餐後，他的齒縫中殘留了些萵苣的葉及其他蔬菜。這時愛文會先拍拍肚子、舔舔牙齒，然後靠向麥克風說：「我不知道你們吃了沒，但是我已經吃得很飽了。」

秘訣

幽默可以幫我們解決突發的狀況。請想想以下的問題及你的反應：

◆麥克風壞了……「有人可以幫忙拿其它的麥克風來嗎？」

◆麥克風發出尖銳聲……「看！這是麥克風瘋狂的時節！」

◆燈光熄了……「讓我們手牽著手一起高唱『肯拜亞』（Kumbaya）吧。」

◆侍者走到你的前面……「嗨！你也要一起進行這個活動嗎？」（沉默一下）「想不想呢？」

◆小孩在教室大叫……「哦！不！有人願意要協助我解決褓姆的問題嗎？」

◆麥克風的線纏繞住你了……「我先生／太太打了電話給你，要你將我綁住嗎？」

以輕鬆幽默而不是生氣的態度的來處理突發的問題，讓大家可以肯定您的專業，也讓主辦人希望將您再度請回來演講。

請小心的運用不同幽默的方式。在一個群體當中，女人經常會也會和男人一起對於以「他人為導向的幽默」大笑，縱使他們心裏是不舒服的。我們的社會一直告訴女人：「你們是沒有幽默感的」，因此女人變的會跟著別人笑而笑，變的對於笑的行為模式沒有自己的原則。我們縱使不喜歡這樣，但是這種比被人激笑為無聊的人好多了。然而講師對於這樣的行為就要特別注意了，因為不夠敏感的講師可能會認為這樣的笑聲是來自他們精彩的演講，所以一定要找出部份不高興興的聽眾比例。人們無論是尷尬或是高興都可能會笑。講師有時會因讓觀眾尷尬，所以他們只好勉強的笑出來。所以觀眾所得到的整體印象並不都是好的。

葛拉帝・羅賓森指出下列三種不同的笑聲：

◆夾帶快樂及自由的笑聲。這是認同別人的笑。

◆嘲笑別人及輕視他人的笑聲。這是嘲弄別人的笑。

◆因為別人的關係而感到不好意思。這是「有原因」的笑。

你希望得到的笑應該是認同的笑聲吧！

誰在笑？何時在笑？

以下是有關聽眾的組成和對於幽默的反應一般性通則：

◆大部份穿西裝的男性聽眾是最不喜歡笑的，特別主講人是女性的情況下。

◆越是嚴肅且以左腦發展為主的事業越是不喜歡笑（醫生、律師、會計師、及博士等都是屬於這類型的人）。

◆越是以商業為主的演講內容，其聽眾的笑聲就會越少。

◆演講廳的干擾因素越多，則聽眾的笑聲越少。

◆酒精會讓聽眾一開始的時候會笑，但是很快就會消退了。人們酒喝的越多，則笑聲會持續較久，但是對於你的演講注意力就會降低。

◆混合型聽眾（有男有女），比清一色男生時要來的容易有笑聲。

◆夫妻一起參與又比混合型的聽眾容易笑。

◆聽眾群中女性所占的比例越高，則笑的機會越高。

◆男主講人比女主講人在使用冒犯的言語上較不會被責難（例如：他們所說的「幹」或是「他媽的」等字眼都可以被接受）。

◆越是與藝術有關的主題，聽眾對於猥褻的資料的接受度越高。

◆以資料展示的方式演講，聽眾的反應及笑聲會較少。

◆如果講師提到壞消息、悲慘遭遇或公司生意不好的情況，就不要期待聽到笑聲。

◆主講人身上的燈光越暗，則聽眾的笑聲越少。

◆音響效果越差，聽眾的笑聲越少。當你在測試麥克風時請離聽眾遠一點。問一問站在不同方位的聽眾是不是可以聽清楚。請記住，原本在空教室內的聲音很大，但是當教室擠滿人時其聲音就消弱了。若是會議中有侍者在為大家準備餐點時，請將聲音調大聲一點。

◆湯姆・安遜（**Tom Antion**）先生說：「早上七點到九點時，一般聽眾還沒有準備大笑，因為大家都還沒有大笑的準備。還有許多人還不希望被吵醒。」

◆安遜先生提到在室外演說其幽默效果是無法掌控的：「室外演說是很困難的。因為其外在的誘因太多了。聲音很難調整到適當。而且要使用幻燈片及投影片都是不可能的。」如果你希望在室外演說一樣要有演說效果的話，他建議我們能夠多利用擬人化的方式來表現。

◆幽默家，卡揚・布克曼（**Karyan Buxman**）說，彩色幻燈片及投影片的效果要比黑白的趣味性高出許多。

◆教室越擠就越容易產生笑聲。笑是有感染力的，在擁擠一點的空間要比零零散散的空間中，觀眾產生笑聲的機會要大。

◆當人們在吃飯當中，因為擔心所吃的東西會因為發笑而噴出來，他們便比較不會在這個時候發笑。幽默家，布巴・貝奇托（**Bubba Bechtol**）比較不喜歡在吃飯時間講這些幽默的話語，因為他擔心聽眾可能因此噎到了。如果你被邀請於用餐時間演講時，請你要與主辦人談到你的安全顧慮。

所謂通則就是一般情況。重要的是：當你瞭解到這些聽眾的背景、環境、演講目的及演講的時段，你就可以對於聽眾的反應有所準備。

摘　要

有越來越多的講師喜歡在演講中加上幽默，因為這樣可以增加聽眾的興趣、讓講師更能被接受、讓聽眾聽的愉快並且可以分享敏感的資訊。演講當中的幽默程度依喜劇人員、笑話大師及幽默講師等而有所不同。如果所用的幽默可能中傷聽眾的話，則請您不要用。還有男人與女人對於幽默的接受方式是不同的。聽眾組成的不同也和聽眾會不會笑有關。

練習

1. 請看喜劇演員、笑話大師及幽默講師的表演。請將他們的表演方式及其幽默的程度記錄下來。你可以發現在笑話大師演出中的幽默程度嗎？是不是表現的很鮮明？
2. 請舉出三種不同的笑聲。
3. 請說出你被別人以幽默的方式來攻擊及冒犯你的經驗。
4. 請觀察，在聆聽笑話大師演講當中有那些不同的聽眾族群。並請訪問笑話大師喜歡怎樣的聽眾？
5. 你自己可以使用那些與你出生背景有關的種族笑話？你要如何讓聽眾察覺到你是在揶揄你自己呢？

10

何處尋找幽默

如果你練習的話，你將會開始有趣的思考。

——Ron Dentinger, *Down Time*

請不要害怕自己想要幽默的衝動。這沒有關係——因為最慘的情況不過是沒有人笑罷了！那又怎樣呢？因為這樣大家的緊張感已經鬆弛了，而且這時大家的臉上又會掛滿笑容。

——Esther Blumenfeld Lynne Alpern, *Humor at Work*

應當教導人們是什麼，而不是應當是什麼。我的幽默皆奠基於毀滅和絕望之上。如果全世界非常平靜，沒有疾病和暴力，我會排隊等候救濟。

——Lenny Bruce, *The Essential Lanny Bruce*

是的，你也可以幽默

誰？我嗎？是的，你也可以幽默，縱使你完全不認為自己可以幽默。在嚴肅及以內容為主的講題中，你還是要有適度的幽默。

如果你將幽默定義為笑話、雙關語或是一語道出重點的話，那麼你可能無法看出自己有幽默的能力。但是如果你要將幽默如此定義的話也沒有關係，因為現代的聽眾並不喜歡這樣老套的東西。他們希望能夠看到的是在你或是其他人日常生活中所發生的趣事。幽默是隨處可見的。它不斷的邀請我們去享受生命中可笑的事情。當一個專業的講師，你應當引導聽眾走進幽默的世界中。

發現幽默之處

只要你豎起幽默的觸角，你將會發現幽默環繞在你身邊。

◆旅遊的幽默——空服人員對一位為了安全問題而喋喋不休的乘客說：「如果你是和小朋友或是行為舉止像小朋友的人一起旅遊的話，首先，請你將氧氣面罩戴上……」

◆印刷的幽默資料——在教堂的公佈欄上寫道：「請加入我們燃燒慈悲的年會……」

◆廣告上的幽默——有一張卡片上面寫著對按摩治療師的讚美：「你是身體的福音。」

◆在餐聽排隊時偶爾聽到的——「昨晚真的很倒霉！他們邀請了一位朋友一起去釣魚而他們卻懶得將浮艇吹起來。所以他們一起將這個浮艇帶到加油站，並且用大氣機來充氣。但是這時車子就裝不下這個浮艇了。所以有個傢伙就爬到車頂用手壓著這個浮艇。他太太所乘坐的車子就跟在他們後面。剛開始時一切都還好。但是這時卻有一輛大型的連結車，從對面車道以五十公里的時速開過來，這輛車子會車時所產生的大風將他們的浮艇從車上吹走。這個傢伙也飛走了，然後他降落在另一部車子後座行李箱上面。最後他滾落在馬路上，而他太太也趕忙跑過去！還好他全身就只是腳受傷了而已。」

◆在餐廳聽到一個胖嘟嘟的小孩對他祖母說：「奶奶，你看，我吃了三碗滿滿的食物。我可以和大人吃得一樣多了！」

◆在雜誌上——有八個老人二十年來都混在一起，但卻在加州的卡森一處被警員破獲的

「一元一局」的詐騙賭場中被捕。其中有一個六十四歲的老婦李莎麗・羅絲（Sally Rose Lee）在被捕當時，其桌上只放了七十五分錢。

◆從家裏——我七歲的兒子一直盯著車上的電話桿。最後我問他在做什麼，他說：「沒有啦！因為這個東西叫作電話桿，所以我在找看看上面有沒有電話啊！」

◆在寵物店中——「小狗評分表：A.我是一個天使。B.我的天使光環已經消失了。C.我不喜歡別人整理我的毛髮。D.我今天的毛髮好糟哦。E.我完全不瞭解這個習題的目的。」

◆從朋友那兒——「醫生很擔心泰德在心臟手術之後變得有點不清醒了。所以我就問泰德是不是不認識我，他說：『是的。』然後我又問他，我可不可以買一輛積架的車子，他也點點頭。他清醒時應該不同意才對啊！」

◆在孩子打足球時——有個媽媽將去年足球隊的照片拿出來看。有一張照片是一群孩子在目標邊線追著球，而兩隊的球員卻排排站的乾瞪眼。

如果你注意到這世界上許多脫線的事情，那麼你將有數不清的創作幽默的原料。這種家庭式的幽默最好，因為觀眾生活周遭也充滿了同樣的趣事，所以講出來效果特別好。

讓你的幽默觸角更敏銳

如果說幽默的題材隨處都有，那麼我們為什麼會經常視而不見呢？就像在找尋故事的來源一樣，我們要豎起對環繞在我們身邊的幽默觸角。

你可以利用「有趣的思考」方式來讓自己更為敏銳。

1. 問自己：「如果這樣的情形誇張一點的話會有什麼效果？」想想過去的老笑話「天氣很冷，所以……」問問自己這樣的情形會更好、更糟、更大或是更小呢？

2. 問自己：「什麼事情會讓我驚訝？」你知道那些事情是如你所期望的。但是現在請你想想那些事是讓你感到意外的。例如：在重複同樣的口語時，就會產生這種意外的效果。我們一定看過卡通人物如何介紹他們自己吧！你記得兔寶寶皮柯契（**Picochet Rabbit**）嗎？牠每一次都會這樣開頭：「我是皮……皮……皮柯契兔寶寶。」現在請你想想你需要很平靜的介紹自己的場合。在餐廳中等上菜時好嗎？人們的期望如何？只是很平淡的介紹你的名字嗎？怎樣會讓他們感到驚訝？「我是皮……皮……皮柯契

兔寶寶。」

3. 請在報章雜誌及各種不同的印刷品中尋找有趣或荒謬的題材。像《專家般的演講》一書的作者瑪琪•貝卓珊建議大家在華爾街期刊上尋找幽默。「這是最佳幽默來源，」她說，「因為大部份的人不會期望它的內容具有趣味性。」

4. 問一問周邊的朋友有什麼有趣的事情發生。有個機場巴士司機有一次載了一個明星。這個明星跟他說：「你難道不知道我是誰嗎？」當司機先生點頭說他不知道時，這個明星說：「我在電視上表演啊，想不想要我的照片呢？」。司機先生回答：「不！謝了！」這位明星又說：「哦！你不可能像今天有這個機會的。」這個司機又說：「不，謝謝！」最後他們終於到站了，這時這位明星從他的箱子中拿出他的照片，並且簽上他的名字說：「我知道的，你一定不好意思開口跟我要！」

5. 偷聽。你將會聽到一些不可思議的話題。請確定不會被可口可樂噎住了，而且不可以讓人家知道你在聽。請偷偷進行。

6. 重新回顧悲慘的事件。有一次我看到一隻狗正在吃感恩節的火雞，當時我覺得這是一個很悲哀的事情。但是隨著時間的流轉，我發現今天狗兒這種貪吃的情形真的很有趣。

7. 觀看昨晚電視的喜劇主持人。昨晚的電視主持人傑・藍農（Jay Leno）及大衛・雷特曼（David Leterman）將每天所表演的笑話集編成了一本書。不要偷了別人的心血拿來己用。請一邊聽一邊學。他們如何將新聞事件變得有趣味及他們如何將兩個不同的主題串連在一起製造幽默及意外的效果。

8. 閱讀。讀者文摘中有許多主題都是以幽默為主的。但是同樣的，請不要竊取別人的故事。因為你所偷取的是世界上閱讀人口最多的雜誌，因為別人看過這則幽默的機會很高。但是你看過的幽默故事越多，你就越可以有趣的方式來創造你故事。你也可以考慮閱讀一些幽默的書籍。戴夫・巴瑞（Dave Barry）、亞特・布華德（Art Buchwald）、傑夫・法克沃西（Jeff Foxworthy）、愛瑪・龐貝克（Erma Bembeck）及路易斯・葛立德（Lewis Grizzard）都將他們幽默的資料編成書籍以利初學者來學習。羅倫斯・山德（Lawrence Sanders）及卡爾・海森（Carl Hiassen）兩人並未寫書，但是他們所談到的人物都非常的有趣。你只要從以上所提的資料當中看到某些精華的文字時，這就足以讓你有一場精彩的演說了。

9. 請聽幽默大師的錄音帶，像是傑夫・法克沃西（Jeff Foxworthy）、比爾・寇斯比（Bill Cosby）、卡爾・修雷（Carl Hurley）及拉富・胡德（Ralph Hood）等人都發行了這樣的錄音帶。還是一句話，請不要竊取他們的資料。你可以參考這些資料將之深植於腦中，然後好好激發出你自己的幽默。

10. 聽收音機。你在當地的電台一定常常聽到「談車」、「草原之家」及「你所知道的？」等節目。如果以內容最純正幽默來說，他們應該都得第一名。「談車」及「你所知道的？」兩個節目是動態性的自然幽默。「你所知道的？」這個節目是由麥可‧費德曼先生所主持，節目的進行是由主持人主動打電話採訪女性聽眾。在費德曼先生問她的生活及她所住的城鎮之後，她最後說：「我很高興可以和你講話，但是因為我還有其他的事情要處理，所以我不能跟你多說了。」這真是一個出奇不意的例子！全球有幾百萬的聽眾寧願丟下小孩來和費德曼說幾句話。而他卻找了一位寧願洗衣服也不想聊天的聽眾。

11. 去看幽默大師及喜劇人員的表演。請注意看一下是不是有幽默大師及喜劇演員到鎮上來演出。請在閱讀喜劇團的廣告之後，安排時間參加。你不要剽竊他們的心血，但是你可以將你覺得有趣的地方記錄下來。你能夠想出和他一樣有趣的情節嗎？如果可以的話，你創造出來的人物和他的有何不同？如果你連續看了好幾場的表演，請你根據他們的表演風格做一比較。

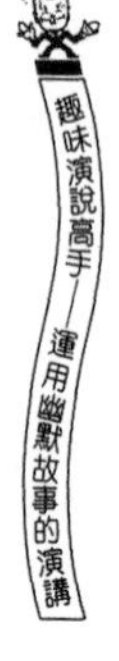

12. 看電影。請注意一些耀眼新星的表演。像是金凱瑞、艾迪墨菲以及莉莉・湯姆林（Lily Tomlin）、貝德・麥爾德（Bette Midler）、洪高第（Goldie Hawn）等資深演員的表演。還有別忽略了古典的演員，傑瑞路易斯（Jerry Lewis）、瑞德史蓋頓（Red Skelton）、鮑伯霍普（Bob Hope）及瑞德巴頓（Red Buttons）等人的表演。請注意他們幽默的方式。

13. 看電視。情境式的喜劇主要是聽眾已經知道表演者下一個動作會是好笑的動作。你是可以從這樣的節目中學習幽默，但是這一類幽默的使用範圍是很受限的，因為你不像是劇中的演員一樣，其觀眾對他表演的模式已經非常熟悉了。現在電視還有這樣的節目，你可以藉由觀看節目來練習。

14. 看老主持人的節目。在我小時候，我聽過我們鎮上的英雄，瑞德史蓋頓，成為喜劇大師的故事。晚上，我看到父親在觀看史蓋頓的表演時，他仍然在史蓋頓表演弗萊迪、福羅德、澤魯德（Gertrude）及淘氣的孩子等角色時就開始笑。所以你還是可以買些這一類大師的錄影帶來觀賞。他們值得你所花的錢及時間。

15. 聽收音機幽默老主持人的錄音帶。這些過去流行的錄音帶可以幫助你培養幽默感。史帝芬・亞倫在「如何有趣」這個節目中說：「我花了許多時間來看及聽一些幽默的錄音帶。你不僅可以享受幽默，同時你也可以很快地學習，特別是你有心的話其幫助更大。」

16. 欣賞報紙的連環漫畫。因為你可以將這些東西加在你的演說當中，但是請不要複製這些資料。根據著作權專家麥克·羅安茲（Mike Rounds）所說的，將漫畫或是連環圖畫拿出來做成投影片展示是不違反著作權法的。然而若是你將這些漫畫放在自己的手稿、傳真及通訊當中就是違法了。你除了可以將卡通加在你的演講當中，你也可以將你所看的內容在演講中描述出來。當然，如果你太強調漫畫家的幽默的話，可能會削弱了你自己的幽默程度。

17. 訂購幽默通訊。這樣的出版品可以提供你幽默的泉源。如果你沒有直接運用的話，你也可以從中產生幽默的創造力。因為不同的出版社有不同類型的幽默，所以在你訂購之前，請先跟對方要一份樣本。請看我所列出的姓名及電話參考一覽表。

18. 收集幽默文集。有時你或許想要將以前的幽默故事找出來。聽眾可能會原諒你，如果這被講了幾百次的笑話他們都沒聽過的話。幽默文集對你最大的幫助是他們可以讓你置身在幽默的環境中。找出一些合適你使用的笑話結構及替代詞，然後再創造出你自己的幽默。

19. 參加國際演講俱樂部。你一定也會碰到一些跟你一樣想要讓聽眾笑的人。這些俱樂部的會員常會聚在一起討論他們的創意及來源。俱樂部的通訊每年出刊四次，它會提供會員們最新的資料、技術及幽默的來源。

20. 從網路上找幽默。在網路上輸入「幽默」相關的字眼來查詢。另外你也可以用「喜劇」笑話及「機智」等字眼來查詢。另外你也可以利用：**www.infobahn.com/pages/anagram.html.** 這個網址。當你輸入字謎（**anagrams**）時，這個網址也會很快地出現。

21. 聘請幽默教練。當你碰到一位你所景仰的幽默大師時，你可以問一問他是否願意成為你的教練。因教練所做的事情不同，其所需付出的家教費也不同。你需要在事先與他討論你的期望及目標為何。如果你還不是一個幽默家的話，你可以找一些人一起討論幽默的技巧，或是一起贊助幽默大師到鎮上的演講。

22. 收集教導我們如何創造幽默的書籍。這樣的書籍沒有一本是有效的，除非你從書架上拿下來並且實際的練習。畢竟，你是不可能從書上讀到如何騎腳踏車就會騎，不是嗎？

23. 與幽默的朋友為伍。讓我們面對這些事實吧！我有些朋友是常常報怨東報怨西的，也有些朋友需要這樣報怨的。有些人則會常常搔到我的幽默之處。當然我從朋友那兒學

到很多，但是幽默的朋友對我的鼓勵最大。因為他們讓我的HQ（幽默智商）更進步了。

24. 買一根小棒。找一隻合適你的小棒，並且請你經常的使用。卡揚・布斯曼先生就常常揮動他的小魔棒並且指著小丑的鼻子。你可以從郵購目錄或是雜貨店買到這個東西。史賓士禮品店中就有這種可愛的小棒，另外在萬聖節時他們還可以在一些舞會飾品店及一些特殊的商店找到奇怪的帽子、面具及飾品等。

25. 接近小孩。他們常常會有一些天真的舉動出現。如果我們可以像他們一樣對世界充滿好奇的話，那麼我們會更快樂。

26. 注意標示。一個工程公司的停車場寫道：「員工及參觀者不可從此處進」。那麼誰可以在這兒停車呢？是小精靈嗎？

幽默最佳來源……

是來自你的生命嗎？當我們眼睛所看的東西是反諷時，我們整個人都會變得光采。李茲・克提斯形容她所著的《只有天使可以飛：其餘的我們都應該練習》一書，有如「提供治療性的幽默，這種幽默是來自生活層面而不是笑話書中。」

真實生活中的幽默勝過你所說的任何幽默。如果我們可以用幽默的眼光來看待我們的生活的話，我們和別人的關係會越來越近，而且也更能掌控我們自己。如羅伯森所說的：「我們希望瞭解我們自己，所以我們這樣做。」雖然他談的是以「安迪・葛瑞福斯秀」中的人物角色來檢視我們自己。她同時也指出我們生命的最大隱喻——就是把我們自己看成真正的人，活在真實的人生中。用幽默的態度來生活。

當我們聽到一則幽默有趣的故事時，我們會想：「這些事情也會發生在我身上的」，因此，我們會再次肯定我們自己也是人類中的一份子。所以你看**Humor**（幽默）及**Human**（人類）這兩個字有多麼像。因為我們生活中有許多相同之處，所以生活也是我們幽默的最佳來源。

你在講台前，何時使用幽默？

現在，你可以看到幽默就在你的四周了。你一定相信這個真理：生命有如舞台上不斷插入的台詞。所以你一定準備好要將你的幽默放在你的表演中了吧！好，首先我們來看看這些

指南。

你的幽默是否有立論根據？

有個講師講了一個故事：有個小男孩邊跑邊哭的去找他的母親，「媽咪！媽咪！有人在我的床底下。」他媽媽說：「寶貝，你在說些什麼？」小男孩說：「你記得嗎？牧師說我們是從塵土（泥裏）而來，也終將隨塵土（泥裏）而去。所以一定有人在我的床底下，我不知道他到底走了沒有）。」接著講師講了一則有關客戶服務的事情。所有聽眾的臉上都寫著「迷惑」兩個字，因為大家都在努力思考這兩件事之間有何關連存在。

如果你的幽默有立論的根據，那麼它不但可以支持你的論點，更可以幫助觀眾從這點往下一點去思考。毫無重點的幽默會讓聽眾搞不清處。而且更糟的是，當這個沒有重點的幽默蔓延開來時，你可能會傻了，因為你的評論一點意義也沒有。如佩崔夏•鮑爾在《直說勝於贅語》一書中所說的「運用有效的幽默三明治」，也就是說，先將你想表達的重點向聽眾說明，然後再講故事及笑話來說明重點，最後再重複這個重點。

你的幽默對你合適嗎？

我們每個人都有自己的風格。通常有些從別人那裏竊取而來的幽默是不合適你的。當我們對於所說的內容是光明磊落時，我們就可以很大聲清楚的說出來。當你想要談有關你是誰及你要談的內容時，你就可以以你的風格來襯托笑話。然而這些都需要與講師個人風格及聽眾的風格搭配。

對女性講師來說，這個要求會更為嚴格。一般聽眾對於女性在言行舉止上的要求要比男性還高。專家認為這是因為社會希望身為孩子的母親可以表現出純潔善良的典範。因此如果一個女性所談的是有關酒吧的事而不是一般事項時，那麼她就會有信用及觸怒聽眾的危險。所以不用說，男人是可以在可能得罪聽眾的情況下，仍運用他的幽默。

你的幽默符合聽眾的需求嗎？

每個聽眾都是不同的。因此我們可以在事前先做一個問卷調查，這樣可以幫助你對於客戶需求及文化的瞭解。有一個公司的主管因為最近搬到澳洲去了，所以他忽略和公司的同仁一起預習他的演講內容。但是他們雖然事前花了很多時間，到最後卻都搞砸了。這位主管想要強調公司團隊的重要，所以他說：「我以我們為榮，所以我準備了繡有公司圖樣的臀袋送給大家。」聽眾聽了都目瞪口呆。接著就聽到大家咯咯地笑。最後大家都大笑了起來。在過了一會兒，講師才發現自己的過失。在美國，這種臀袋是用來貼在屁股上，用來裝鑰匙及零錢的，而在澳洲這個小東西卻是用來裝女人衛生棉用的。

你可能會因為忽略了聽眾的年齡、收入及教育而不瞭解客戶的需求。你當然也不希望讓聽眾失望。但是如果你跟一群三餐不繼的人，談到你貂皮大衣縫製的問題時，那麼你就無法得到大家的認同了。

如果你的聽眾的年齡層與你不同，請以與他們同齡的人所說的話來和他們來溝通。所以聰明的講師是不會對著一群上了年紀的人，大談有關人們變老的笑話的。但是他可以告訴聽眾，有關他母親告訴他人變老的一些故事。

這些幽默與他們的行業有關嗎？

梅菲德先生說：「請不要在一群司法官面前大談某位律師所說過的笑話，因為他們早已聽過這位律師所寫的每一則笑話了。」另外，介於嘲弄及冒犯人的言語是一點都不會讓人舒服的。

當你要談到與某個行業有關的幽默時，你可以談談你和他們發生的軼事。例如：你可以談到你的律師鄰居，他穿著T恤跟你說：「如果你覺得談話是廉價的話，你可以打電話給律師。」所以梅菲德先生說：「不要以特別的行業來說，請以個人的方式來處理。」

秘訣

讓你的幽默在你的書信中、答錄機及行銷當中閃閃耀眼。有一位有趣的講師，史考特·弗烈德曼（Scott Friedman）在過完年後寄了一張有趣的明信片給他的客戶，上面是這樣寫著：

弗列德曼的新年十大賀禮

1. 預先計劃。在還未下雨之前就趕快準備諾亞方舟。
2. 運動。如果你不勤練運動的話，你是想到那裏生活？
3. 擁抱生命的風暴。沒有風雨，何來彩虹？

4.找時間。當我們看到價值時，時間自然會出現。
5.說實話。這樣你比較不需要花腦筋多想。
6.開放心胸。好事自然會來。
7.不要低估了你的意志力。因為留得青山在，不怕沒柴燒。
8.挑戰命運。我們的命運是要我們常常去推動的。
9.擦亮你的生命。沒有陽光的白日有如黑夜一般。
10.笑聲是會感染的。大膽的笑吧！請感染所有的人。

以上內容經弗列德曼先生同意印出。

在這樣幽默的明信片中，弗烈德曼讓我們瞭解到他是一甚為風趣的傢伙。

幽默的種類有多少？

讓我們來將各式各樣的幽默做分類及定義：

1. 笑話。是一些關於典型人物或名人的杜撰故事。有許多笑話是沒有任何重點，更不要說有教育意義呢！例如：「我認識了一個因咳嗽而死的男人。但是他被發現在另一個男人的房間死亡。」

2. 一句箴言。有趣的格言或是評論。其效果主要是強調某個重點或是純粹娛樂。所以我們也稱之為妙語。溫蒂是一家銷售漢堡的公司，因為在它的商業廣告中以兩個嬌小的老女人大快朵頤的吃著三明治並且問道：「牛肉在那裏？」後來廣告台詞變成生活的一部份，進入大眾文化：「進口的牛肉如何？。」

3. 妙句。一些可以讓故事的情境及背景聽起來更順耳，並創造幽默效果的片語或句子。以下是典型的句子：

叩！叩！叩！

誰在裏面。

噓噓……

噓……誰啊？

你怎麼在哭呢？

其中的幽默句就是：「你怎麼在哭呢？」

4. 妙語。一個可以改變整個故事情境及背景，及產生幽默效果的關鍵性的字眼。例如：我告訴聽眾在某個時期我一年當中搬了七次家的故事。我知道那時日子過得很辛苦，但是我不知道自己變得多狼狽。接著在聖誕節時，我收到了一張廣告，裏面是介紹一家很昂貴的溫泉浴場。廣告上寫著：「這是一個鬆弛你身心的最佳場所。」我告訴我丈夫說：「親愛的，這裏一定很貴哦！」我先生說：「也不見得啦，人們都喜歡『賭注』的。」這個妙句就是「賭注」這字。請注意這樣詼諧的文字。而且這些字都是非常簡短的。

5. 幽默的伏筆。提供在幽默前的背景準備。因為這樣的伏筆讓聽眾可以一路聽下去，並且製造幽默的效果。在前面的事件中，其前面的背景是：我已經很不高興的原因。

6. 堆疊。當有人已經講了一句妙語或妙句時，後面的人又加上了一句而更增加了幽默的效果。這就是「堆疊」的方式。

我先生在雜誌上翻到一張黛咪摩兒在脫衣舞孃中的照片。這時他說了：「你只要再加油一點就可以像她一樣了。」（這時聽眾都發出了不以為然的聲音）這時我翻到一張布魯斯威利的照片，我說：「你一輩子也沒辦法像他這樣子。」「我可以肯定的」在別人所說的幽默話語之後，你可以重複其語句並創造新的幽默效果出來。

7. 重複笑話。在演講一段時間之後，將前面所談到的幽默再拿出來用。如果在演講後半段中，我搖搖頭並且嘆氣的說：「不管你做了多少……」聽眾笑的機會很高，因為他們已經記住這個笑話了。

8. 字串。這是有關有趣的故事、笑話、軼聞及手稿資料及系列妙語的增訂。《喚起他們商業性的演說》（*Wake'em Up Business Presentation*）一書作者湯姆・安遜先生說明**bit**的意思就是一串可以讓你容易記憶下來的相關文字。

記得巴德·阿巴特盧（Bud Abbot-Lou）的《誰優先呢？》的這本書吧！裏面都是一句堆疊一句的妙語。這是最傳統的字串形式。字串是非常有用的，因為它可以幫助我們建立資料。如果你的演說過於冗長的話，請你稍做刪減或是濃縮。運用這樣的字串將可以幫助你記下你的作品。安遜說：「我連睡覺時間都還不斷的以字串來練習。所以當我要演講時，我只要將故事的背景及相關的重點文字背下來就可以了。」

9. 喜劇中的男配角及女配角。這樣的人物出現主要是要預先傳達幽默的訊息。喬治·柏恩先生和他太太葛瑞絲·亞倫，開始他們的喜劇生涯。由葛瑞絲扮演女配角，喬治先生述說幽默的台詞。當他們調換彼此的角色之後，他們的生涯變得大受歡迎。

10. 諧星。也就是傳遞妙語及妙句的角色。最典型的例子是「打混兄弟」中的配角及諧星，他們是非常受歡迎的幽默雙簧，最後他們也自製了電視表演節目。迪克是哥哥，節目進行中由他來做評論。湯米是弟弟，他們搭配哥哥說一些幽默的話語，進行到一個階段時，兩個人就開始吵嘴。最後湯米會重複同一句話說：「我知道媽媽最喜歡你了！」

11. 雙關語。雙關語是一種為了創造幽默所想出來的俏皮話。例如：葛拉帝·羅伯森談到了一個小男孩在聖誕節時穿了一身的救火裝的故事。當大家問他為什麼要穿這樣的靴子及救火裝時，這個小男孩回答說：「哦，是這樣子的，聖經上說三智者是從火裏來的（遠方來的，Afar）（a fire）。」葛拉帝特別用他的南方口音這樣說。

麥克・艾普思指出聽眾的笑聲，是來自這個雙關語「是勉勉強強說出來。因為從雙關語的使用可以看出一個人的聰明程度——比聽眾還更勝一籌」。至於雙關語的使用還是要節制一點。

12. 小道具。這種道具是專門在舞台上使用的。包括了：有趣的帽子、眼鏡及假鼻子、紅色的小丑鼻子、誇張有趣的鞋子及其他玩具等。有一個講師，珍娜・艾森堡小姐打開了她的「百寶箱」。它是一個紫色的箱子，裏面充滿了各種應故事情節需要的道具。其中一個例子是：有一個小女孩拿了一張價值兩百億的玩具紙鈔給珍娜小姐，她說：「艾森堡小姐，這些是給你的。」

13. 演員臨時插入的台詞。這可能是一句笑話或是妙語。吉爾達・雷娜打斷了觀眾並且告訴他們她在劇中的角色名字是：「羅莎娜・羅莎娜・達娜（Roseanne Roseanna Danna」

14. 低俗鬧劇。這些有動作性的幽默常常會加入一些某種假動作，來故意傷害這個幽默大師，例如在他臉上丟一塊肉餅。

秘訣

如果你沒有南方口音，建議您學學。事實上，幽默大師對於所謂南方口音比波士頓口音來的有趣的事實是不以為然的。理論上來說，大部份的人認為南方口音對人們的智商是一大挑戰。當然也不能完全這樣說。我們每個人都有一種優越感，而來自南方的幽默大師對這一點就有所質疑，因為聽眾在聽過他們的口音之後可能會想：「這個人無法說服我！」。當然「五月莓」及「安迪葛瑞夫表演秀」都是南方幽默大師成功的例子。當我們沒有威脅的感覺時，我們就很容易笑出來。布魯克林區的口音也是很有趣，但是速度比較快。如果你有這樣的口音的話，請稍為放慢一點，因為來自南方的朋友不容易跟上（大部份北方人的講話速度要比南方人快多了。如果你說話速度太快，那麼幽默是不容易產生效應的。所以請將速度慢下來）。

或許，當我們聽到比較不一樣的口音時，都會有些預期的心裏。如果你有一點點南方的口音時，請為迪克西（Dixie）喝采並且感謝這些創造南方十字勳章的明星們。

緊急情況時：在你與聽眾分享幽默之前，請先閱讀這一段

在你還不知道幽默發酵之後該如何處理時，這表示你的準備還未齊全。不管你說的有多好或是幽默的效果有多棒，畢竟每個聽眾都是不同的。

有一個會議主辦人對於三組不同的聽眾在聽完同樣的演講之後，竟然有完全不同的反應感到非常驚訝。在介紹主講貴賓之後，主辦人就留在教室一起聽演講。她說：「我真不敢相信為什麼每一組的反應相差這麼多。」「他們完全在不同的地方發生笑聲。」

每組的化學反應不同。會改變他們反應的因素包括了：聽眾的成份、演講前他們對這場演講的印象如何、教室的親切程度及當天的時間等。有一個知名的幽默大師同時也是五十三部幽默書籍的作者，賴瑞・王爾德（Larry Wilde），曾提到鮑伯・霍普寧願多將他的資料和新的聽眾分享，也捨不得將它丟掉。

那麼講師該怎麼辦呢？我們應該在講笑話前預先做準備。以下有三大原則可以讓你免除麻煩：

1.不要演講一開始就講笑話。如果一開始就很平淡的話，接下來的演講就沒有發揮空間了。在剛開始演講的前幾方鐘就會註定你的成敗。因為除了聽眾可能有不好的第一印象之外，你也必須面對自己在講後的情緒。

2.不可以在講笑話時告訴聽眾說：「這個笑話是……。」第一，你已經減低大家對這個笑話的興趣了。第二，如果這個笑話平淡無奇的話，聽眾馬上就知道你的失敗之處。最後，這樣的行為顯的太外行了，雖然他們可能矇起眼睛假裝不知道。

3.不要將笑話寫下並且讀出來。「如果將笑話用讀的方式，那麼它可能比昨夜的鬆餅還要冷還要沒味道。」詹姆斯・修姆於《列隊喝采》一書中提到。唯一例外的是：你假裝是在讀一份有趣的報紙資料並且將裏面的故事念出來。

以下提供你使用幽默時的七點建議：

讓有趣的故事更加精簡——這樣你才能挽回頹勢

短一點的資料要改比較快。如果你講了一個長篇大論的故事時，你將很容易喪失你的聽眾，雖然你知道情況不對，但是你就是無法結束。我們從馬克・梅菲德的經驗中學到要如何處理這樣的情況。有一次梅菲德先生講了一個很長的故事，但是誰知道在他之前已經有人竊用了他的故事。當他講到故事的深處時，他知道聽眾已經沒在聽了，但是他已經無法挽回了。當你發現你已經失去全教室人的注意時，幾分鐘就像一輩子那麼長。

麥克・艾普斯先生在《通往會議室的趣事：將幽默用於演講當中》一書上面談到：請盡量將你的文字做刪減。「笑話就像詩一樣。」他說。

講師在說笑話及講故事時常常會說的太多了。你可以問問你自己：「如果我將這些句子刪掉會怎樣？這樣會改變原意嗎？」伏爾泰先生曾說：「要讓聽眾感到無聊就是什麼都跟他們說。」你所要說的是讓他們瞭解你所說的雙關語。

不要想要在演講中馬上想要挽回什麼

聽眾可以在這時候好好暖身或是休息一下。但是如果你是因為沒興趣而馬上想要挽回什麼，或是取消部份的內容，可能連你自己都不瞭解。

艾普斯先生說：「不管發生什麼事情，請不要因為第一或第二個笑話沒有效果，就馬上修正。」也就是說：你不可以隨意刪除、增加或改變任何你正在使用的幽默資料，結果可能會讓你破壞所有你之前所準備的資料（如果你不是用心準備的話，那麼你得到這個結果就是

應該的）。

我們經常會在一個團體當中看到有些人會等其他人都笑了，這時他們才敢笑。湯姆・安遜說：「在一個演講當中最難纏的情形是：同一公司當中的高階主管都出席了，而且公司的總裁也出席時。如果我們在演講過程當中談到某些好笑的事情，可能這些高級主管會在確定總裁笑了才敢笑出來。」這種情形最常發生在強勢領導的公司。這時人們在想要發笑之前，可能會緊張的東張西望。

艾普斯先生指出：「有些聽眾只有聽到有人笑了之後，才能領會這些會讓他們笑的地方。」另外他們需要時間來確定(1)這時是可以笑的。(2)直到他們加入你的行列之前，你都必須刻意的讓他們發笑。

能夠支持某個論點，而這個論點不一定是有趣的

畢竟它能夠支持你的論點。如果這個訊息有真正的價值的話，內容是否有趣或是能夠引人興趣已經是其次了。泰瑞・鮑森說：「有效的演說家不一定就是幽默家，但是他們是可以運用幽默力量的人。他們的幽默主要是在支持他所說的中心思想。」

請準備隨時可以回答的話語

當他們直看著你的時候，你要怎麼辦？如果你要像專業的講師一樣的話，請你準備一些可以解圍的話語，像是：

◆「我媽媽也不喜歡那個。」

◆「那真有趣！我的狗也像土狼般嚎叫。」

◆「是啊！我也不覺得那個好笑。」

◆「請看看鄰坐的朋友是不是還在呼吸。」

◆「咦！你們都是秘密的會計師或是銀行家嗎？他們也都不會笑的。」

◆「哦！我想我必須辭掉我的幽默代筆人。這也就是說我的另一半要出去找工作了。」

秘訣

當你在看幽默大師的表演時，你很快就會被他們的自信所懾服。因為他們相信自己的幽默。當他們踏上講台時是充滿自信的。然後他們開始他們的演講，並且等待聽眾的回應。最後聽眾一定會進入他所講的領域當中。

保持充沛的活力，不要讓聽眾將你帶入低潮

一旦你的士氣低落時，你就無法如你所願的表現的有效果。因為演講是一門表演的技能。雖然我們以最自然的方式表現出來，但是聽眾仍能察覺出我們的改變。請不要陷在自我懷疑的情況中，因為聽眾不會因為你的一兩個字的錯誤而笑你。當你還在想上一句的問題時，他們可能就會準備嘲笑你下一句所要說的話。

找出聽眾的要害，然後搔弄他

當你認為聽眾可能會有反應的地方，他們卻連笑也沒笑。但是一旦你敲到他們的心坎裏時，他們笑的無法控制自己。嘿！他們正試著在告訴你「請多用肢體語言」，否則他們不是對於你所拿出來的道具沒有興趣，就是對於你提到那些被人誤解的事情感到無精打彩。他們所表現的，就是告訴你他們所喜歡的是喜劇。請多聽聽他們的意見。因為聽眾會告訴你如何可以取悅他們。

請以對話的方式來演講

艾普斯先生說：「我們有時候在一些笑話書上看到的笑話是很有趣的。但是一旦你照著內容講出來時，卻一點都不有趣了。」不要用一些你平常演講少用的話語。

從沒失敗的幽默——這樣可能嗎？

不可能！一般我們部份的演說都會有正面的反應。有些人會大聲的笑出來。有些人只是輕輕地笑著。還有人是快樂的笑著。我們對於幽默的反應都不同。但是這不代表我們不喜歡這樣的幽默。

幽默所帶來不同的反應主要是因為每個人的風格不同。

以工作為導向且樂觀外向者

這種類型的人看待笑話是很嚴肅的。他們常常會很用力的笑，然後又轉身向其他的聽眾大笑，希望其他人也能跟他一樣大笑。雖然你只花了一會兒的時間，但是一旦他們跟你一樣笑時，他們的行動可能就會以你為基準。當他們將交叉在胸前的手放下來時，你已經贏得他們的認同了。請你要小心他們可能會回過頭來取笑你。這些人可能是企業家、老闆、經理人及一些成功的行銷人員。

以人為導向且樂觀外向者

對這樣的人而言，生命是一場延續的宴會。這些人只要他們喜歡你，或是有任何可以讓他們好心情的理由，他們對你所說的話都很能接受並且感到很快樂。事情上，在他們沉浸在這個歡樂的過程中，他們可能都會洩漏肢體的語言。甚至有時他們會高興地跌在椅子上。所以請你讓他們有足夠的時間可以回規正常。業務人員、作家、客戶服務代表、護士、教師及顧問等，都比較傾向這類型。得到他們的熱烈歡迎是可期的。

以人為導向且安靜內向者

他們的個性是溫和的。但是如果你的幽默可能傷害人的話，他們也是最容易受傷害的。但是相反地，縱使你說的不得體的話，他們也只會靜靜地笑你。但是你要注意：他們可能因為自己這樣的表現而覺得對你不好意思。你可以期待他們慢慢地會笑出來，但是通常他們在演講中只會嘻嘻或咯咯地笑而已。這些人主要是：一般職員、辦公人員、零售店店員、家庭主婦、侍者、義工及一些默默為社會奉獻的工作者。

以工作為導向且安靜內向者

如果你的幽默是有重點時，他們會很謝謝你。對於這些人，你要注意的事情很多。你的幽默必須是簡短且有重點的。雖然他們不常笑，但是他們可能還是很喜歡你的演講。不過這也很難說。當你聽到他們一針見血的評語及機智的對話時，這些可能要比你所談的東西來得有趣多了。他們對於人性的觀察就像是兩面刃一樣，他們的評語是簡潔及切中要點的。你慢慢會發現這些人主要是：會計人員、電腦人員及處理繁瑣事務者。

保持幽默的安全性

詹姆斯・修姆先生在他《受到熱烈歡迎：如何成為一個有效率的演說家及溝通者》一書中提到：所有的幽默都必需通過三R的考驗，也就是真實的（Realistic）、有關連性的（Relevant）及可重複說的（Retellable）。像是太牽強的幽默就沒有通過「真實的」這一關，沒有重點的幽默就沒有通過「有關連性的」考驗；而可能得罪其它團體的幽默就是沒通過「可重複說」這一關的考驗。

不能跟我談的事情不見得不能跟你說。其關鍵在於演講的內容。例如：主講人的背景、聽眾的組成分析及如何讓故事有重點等都是。

修姆先生，總統的前任發言起稿人，曾指出：越有名的講師，對於其所說的笑話，聽眾越會笑。修姆又說：「雷根總統之所以讓大家開心的笑了，那是因為他是總統的緣故。」不同的名人會創造出不同的幽默方式。

在我為星鑽汽車撰寫講稿時，我對於這點的感受更為深刻。有一次我問了主辦人員，有沒有特別希望星鑽汽車的董事長談些什麼話題。他苦笑地說：「小姐啊！我實在不在意他說些什麼。老實說，他如果在講台上褲子掉了都無所謂。我們的重點是星鑽汽車的董事長參與了我們的盛會。」

名人演講是光環榮照著，這是你我身為專業演說人員都無法企及的。我們的演講常常會被嚴厲的批判。所以如果你對於你所說的幽默有所質疑時，最好將它刪掉。因為所冒的風險太大了，而其回報是很小的。

摘要

請擴大對幽默的定義，縱使你在講台上沒有說笑話，但是至少你可以用有趣的方式來演講。請多注意身邊不同的幽默題材。請積極的尋找幽默並且將自己置身於幽默的環境當中，這樣你就可以增加你自己的幽默能力。為了使演講更有效果，請記得幽默一定要與你的個性及聽眾的需求做搭配。請注意，你所提到的事情必須與聽眾的行業相關，並且可以支持你的論點。不要一開始就講笑話，不要向聽眾「宣佈」你的笑話，如果你希望笑話可以產生作用的話，請不要用唸的。不同的對象對於幽默的反應也不同，所以請注意你的聽眾及你自己，並請記得在演講之前，再思考及檢查你的幽默。

練習

1. 請以幽默的方式來演講，並且請從你的日常生活中取材。
2. 請選用三至四種可以展現你幽默的方式。那一種方式對你而言最有效？為什麼？
3. 請與同事或是同學請教有關他們是如何表現幽默的。他們是如何發現生活中較為輕鬆的一面？為什麼？
4. 請和你的朋友分享你生命中意外的幽默題材。
5. 請討論有關各種在演講中需要即刻反應的問題，並且將之列出來。

創造幽默

如果我有辦法讓你和我一起笑，你就會更喜歡我，也會更為敞開心懷接受我的想法。如果你對我所演講的特別重點能夠發出微笑的話，那表示你認同我所說的真實性。

——John Cleese, quoted in *Quotations to Cheer You Up When the World is Getting You Down* By Allen Klein

幽默大師知道如何創造幽默的原因，是因為他們不斷地練習。所以如果你也希望幽默的話，那麼你也需要多多練習。

——*The Healing Power of Humor*

幽默家很容易預見及享受生命中的不和諧、諷刺、荒謬及可笑的事情。他們會利用奇奇怪怪的事情……

——*How to Develop Your Sense of Humor*

現在就去取得幽默

我們談過了：什麼是幽默，何處尋找幽默，何時運用幽默及在使用幽默時該如何降低風險。現在你我所要做的事情就是去取得幽默。像是其他的技能一樣，我們可以經由學習來求得幽默。最好的幽默家及喜劇大師都是在他們領域中最認真的學生。他們不但會去聽別人所說的幽默笑話，甚至他們還會去分析幽默內容。因為好的幽默大師都會花時間來學習他們的技能，因此他們當然會進步了。

幽默的形狀

如果你可以畫出幽默的造型的話，它可能會長的有點像倒過來的驚嘆號（圖11.1）。幽默的枝幹或基處是短短且完整的，並且是向上的。最後是一個「輕點」，在枝幹與點之間還有空間存在。我們可以說這個點就是代表最有說服力的雙關語。請注意：這個點和其枝幹是不相連接的。因為主講者所講的雙關語讓聽眾非常的驚訝。在枝幹點之間不連接，是因為這樣的雙關語或是妙句是讓聽眾感到意外的。

如果你回顧一些精彩的故事的話，你會發現所有的幽默作品都有共同的方式，那就是：先有故事的背景，再出現故事的角色，最後高潮是出現在講出雙關語或是妙語之後。所以要幽默會很困難嗎？

圖11.1 幽默的形狀

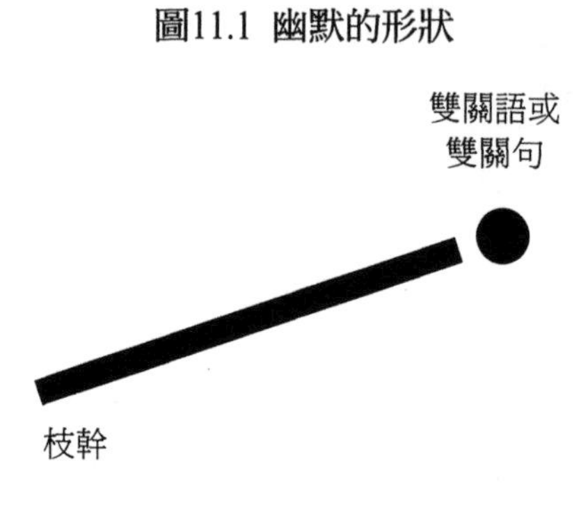

無法成為準幽默大師的原因

計劃時間太長

泰瑞・波森（Terry Paulson）指出一個故事當中，笑話所占的時間大約在十五秒左右。賴瑞・王爾德先生也說：「如果你無法在二十秒之內將幽默的重點講出來，那麼你就不要說了吧！」請停下來再次檢視你的幽默。如果你幽默的重點用了超過三十秒的時間，那麼就失去讓人驚訝的感覺了。

雙關語沒有出現在最後

詹姆斯・修姆先生說：「笑話就是在製造緊張及放鬆之間讓聽眾產生笑聲。」我們可以將雙關語解釋為吹氣球的球針。我們可以看的出來，如果我們可以將氣球吹到全滿的，那麼它爆掉的聲音會很大聲。記得「將我的性命取走，求求你」這一句老笑話嗎？如果你將它改為「請取走我的性命！」其效果就差很多了。

所說的雙關語一點都不好笑

馬克・梅菲德先生指出硬音會比軟音聽起來有趣。「所以貝蒂所講的要比蘇珊所說的有趣。」是的，他說的一點也沒錯。請再檢查你的雙關語看看是不是可以用硬音取代。

雙關語不夠短

它要越短越好。「有男生跟我說，女人比較不會抱怨褲子太緊這種事情。『畢竟』有另一個男人說。『我們還是刮一刮比較好』嘿！我在你們所看不到的地方省下了許多空間，用剃刀。」剃刀這個字就是個雙關語，你要說出來的時候最好很直接。事實上，我會在說出剃刀之前先停一會兒，然後再說出剃刀這個字來。

秘訣

說雙關語時不要雜亂無章。安遜建議我們可以特別注意聽眾當中比較可能笑的人。你在電視上看到喜劇表演時，這些專業的演出也都是這樣做的。所以為什麼要浪費太多時間在這些酸溜溜的小妞身上呢？安遜先生又說：你可以在觀眾群中找出這些比較會笑的人，這樣你在演講當中會更充滿信心。

故事的安排結構不適當所以無法創造幽默的效果

整個結構是一個接著一個的。你看過拱門的建築嗎？在聖路易斯科學廣場中，他們也讓人們親自動手去組合一個拱形的結構。如果其中有任何一片不見了的話，它就會整個垮掉了。所以幽默的因子也是一樣：每一句話都要說的貼切。例如，以下一齣有名的輕鬆音樂喜劇：

喜劇演員：「我碰到一個男人，他告訴我他已經一個星期沒吃一口東西。」

丑角：「那麼你怎樣對他呢？」

喜劇演員：「我反咬了他（給了他一些零錢）。」

如果你用太多的字來回答時，反而會破壞這主韻律的感覺，例如：

喜劇演員：「我在某一天碰到了另一位饑餓的人，所以咬了他（我給了他一些零錢）。」

你是不是看到這些不同效果了呢?

聽眾「錯過」了你說的重點

這種情形發生的原因有很多。有許多講師是用一種夾在領帶上的麥克風,所以當他頭一轉向旁邊,他所說的話就無法清楚的從麥克風出來了。王爾德先生建議,如果你想要讓演講幽默些,請你用手拿麥克風。艾普斯先生也建議:當你要說出關鍵字時,請記得一定要靠近麥克風。不管你怎麼做,請一定要讓聽眾聽清楚為原則,因為這是他們一直期待能夠聽到的關鍵字。

另外,在你說出這些雙關語之前,請你暫停一、兩秒鐘。「因為這樣的暫停,可以讓他們有時間可以對你所說,或所展示的資料聽的更清楚,讓聽眾可以掌握到你所說的一切。」艾普斯先生說。然而王爾德先生另有意見,他說:「雙關語必須與其他的句子同時說出來。」我們再聽聽另一個幽默大師,傑克・班尼(Jack Benny)。他最有名的就是與一個搶匪間的對話。搶匪說:「你要錢還是要命!」傑克停了一會兒,然後他慢慢地回答說:「我還在考慮!」

還有，如果你的聽眾對於你所說的字、名詞、姓名或是你所說的概念不瞭解時，這時他們也很容易就錯過你這個重點。例如：梅菲德先生努力多年講一個有關MENSA的笑話。但是最後他有點洩氣了，因為在場的聽眾大多無法很快想到MENSA是什麼意思。所以他就需要再解釋MENSA的意義。「要達到MENSA的程度，需要多高的智商？我想智商大約要一百四十以上吧！其實我也不太瞭解，因為我和我弟弟合起來才夠資格加入MENSA俱樂部。」他在一點都不為難聽眾的情況下，讓聽眾也可以聽得懂並且享受幽默。

你留給聽眾笑的時間不夠久

請不要害羞做些臉部的表情，像是擠眉弄眼之類的。對於你所說的重點，其聲音可以誇張一點。以下這個故事如果我沒有用肢體語言或正確判斷的話，可能一點都不好笑了。有一天，我丈夫似乎心裏有點浪漫。我們那時正站在廚房討論度假地點的事情。最後他抱著我說：「我最喜歡的度假地點就是你的手臂之間。」後來兒子突然跑進來插嘴說：「為什麼呢？」

如果你沒有給聽眾足夠的時間來消化你所說的幽默，那麼你就會踩著他們的笑聲而過。尤其在喜劇團中，專業的喜劇演員都會停了好一會兒的時間，直到聽觀眾的笑聲逐漸消失為止，因為笑聲的多寡是他們生存下去與否的標準。而他們也常常會繼續擠眉弄眼，讓聽眾繼續的笑。一些不成熟的幽默家常常會忽略了並且以小小的聲音講出雙關語，或是關鍵字講的不清楚或是聽眾還在笑的時候就開始演講。

秘訣

你所說的笑話，你是要笑還是不要。這就是問題了。一般的專家都建議我們不要笑。他們比較希望我們就是呆呆地站在那兒看著觀眾的反應。然而有兩位演說家，李茲・克提斯及卡爾・赫力都會站著由衷高興的笑。赫力的笑是很高分貝的，就像阿瑪迪斯這部電影中莫札特那種會感染所有人的胳胳大笑。但是相反地，朗・丹廷格卻從來一笑也不笑，他是一點表情也沒有的。

所以，我們的建議是：你兩種方法都可以去試試，看看那一個對你來說效果比較好。

所說的重點不夠誇張，所以無法讓這些雙關語讓聽眾感到驚訝

對我而言，能夠創造一些有自己的肢體語言及動作的粗魯角色可以增加故事的強度。在我告訴過聽眾我來自維森尼時，我就有談到了另一個有趣的故事。但是我們覺得維森尼只是一個小小的重點卻讓故事有趣多了。

我妹妹瑪格麗特和我一起到了巴黎，我們那時在地鐵站（Metro）買車票。因為瑪格麗特和我都在法國讀了兩年的高中，所以我們可以用簡單的法文來買車票。我們上了車之後，兩個人就改成英文的對話。坐在我們旁邊是一對夫妻，男的那位頭上戴著一頂舊的約翰·德瑞的帽子。這時這位男子用手肘碰碰他老婆：「瑪莎！瑪莎！這不就是我所說的嗎？他們這裏的人都講兩種語言，而且都講的很棒呢！」然後他轉身對著瑪格麗特說：「你學英語多久了？」（我用很誇張的外國語調說。）瑪格麗特回答說：「我學了一輩子。」（然後我學那個男人將手放在膝蓋上。）「瑪莎！我不是跟你說過了嗎？我不是告訴過你，他們可以同時將兩種語言講這麼好的原因嗎？瑪莎，這就是我告訴你的：他們很早就開始學習了。」然後這個男人又轉

身問瑪格麗特道：「是誰教你講英文的啊？」（然後我又學他並且用很誇張且很大聲的說。）「我的爸爸媽媽。」瑪格麗特回答說。「瑪莎！瑪莎！我就跟你說嘛！他們是從很小的時候就跟父母學的。」他又繼續地問：「那麼，你父母是那裏人呢？」瑪格麗特說：「維森尼印地安納州。」瑪莎這時提高了嗓門說：「嘿！就是常常舉辦西瓜活動的那個地方！我們就住在河對面的歐尼鎮（Olney）呢！」

這個故事的效果非常好，因為我運用了成三的原則（這個人連問了瑪格麗特三個問題）。我們先做了伏筆（因為聽眾都知道瑪格麗特不是法國人）；第二是誇張（我們就像平常我們在對外國人講話一樣，用比較高及比較誇張的語調來說）；第三是諷刺（他不斷地談教育的問題，但是事實上他自己連英語都說的不好）；最後，他又拉回主題（提到了維森尼，這個以西瓜聞名的城市）。這個故事讓我們覺得幽默的地方是：發現了原來瑪格麗特原來是美國人，因此粉碎了他覺得歐洲人都能流利的說兩國以上語言的論點。最後的結語是由瑪莎來說的，因為她不斷地接受她丈夫那種優越的態度，所以這樣可以又加上一點顏色（而常常旅行的人也知道在巴黎附近有一個公園也叫做維森尼的）。

我演出了這個男人、他太太、瑪格麗特及瑪莎等四個全然不同的角色：瑪格麗特是有一

點迷糊但是很謙虛地回答問題。這個男人是典型那種「醜醜的美國人」，說話大聲誇張而且將座位都整個占滿了。而瑪莎是一位親切也不愛擺架子的人。我要求自己將這三個不同的角色的坐姿、說話的樣子及手勢以不同的方式來演出。所以這三個人的角色也讓這個故事更為有趣。

另外，我那誇張的表演及發音都不是憑空而來的。我曾經看過賴瑞畦先生的精彩表演叫做「外國人」。在這個節目當中，我們看到了當我們這些美國人碰到從其它國家來的人時，總是顯得傻傻的。當我開始創造這些劇情時，我用到了我所有的回憶。當我想到這個人那種好奇的行為時，我就想到「外國人」這個節目所提到種種。

你可能會覺得巴黎發生的這個故事是違反幽默的基本原則的。因為這個故事太長了。但是在這整個故事當中隨時都有一些趣味的題材發生。因為所有的聽眾都知道這位戴著約翰•德瑞帽子的男人搞錯了，而所有的聽眾都願意再聽下去，他們都想知道結果為何。

所以原則是：故事越長，就需要越有趣味。另外演說長的故事時，我們必須在尚未說出雙關語之前，整個過程當讓聽眾感到有興趣。

如何創造幽默？

創造幽默與創造故事的情況是類似的。一旦你可以確定一些創造幽默的方式之後，你就可以像是在自助點心吧中享用聖代般輕鬆容易。以下我們提出了十五點創造幽默的重點：

建立評等

請以一至十的方式來評比出你過去的經驗的趣味程度。也問問你的聽眾：「請依照一到十的等級來評等沒有麻醉的並插著根管的人。」

列出前十大

將最好的創意找出來。其中最好的一定也包含了大衛・雷特曼（David Letterman）的創意了。當你和客戶之間的關係建立好了之後，你就可以很容易做到。你可以問問會議主辦人有關聽眾不高興及彆扭的事，然後你再整理出來。

照字面上來看

如果你不要把一般陳腐的事情當做理所當然的話，那麼這世界有許多的文字幽默。有一次語言教學系的學生嘴裏喃喃地念著，好像瘋了一樣。然後他們問老師：「如在在美國大就是好的話，那麼大的痙攣（肉乾）是不是比小的好？」事實上並不像他們所說的這樣。他們是將這些名稱用在身體的結構上，因為這是家庭出版品，所以……

會錯意

這是在任何地方、任何時間都會發生的事情。有一次，我坐在飯店外面等車。我對著外面的一個年輕人喊著：「你是計程車嗎？」這個人回答說：「不，小姐！我是司機。」還有另外一則：有一個男子在一個雜貨店前被一個漂亮女子攔住，並請教他一個問題，這個女子問他說：「請問你是那一國人？」這個男子回答：「我是黎巴嫩人。」然後有另外一個女人，從一個清潔系列廚櫃後面走出來，她說：「我是黎巴嫩太太。」

誤用文字

被我們誤用或是讓人誤解的文字都屬於這一類。如果聽眾知道我們原本的目的，那麼這當中就更會有幽默的效果了。例如：電話響了，一個人問道：「這是水中興奮（titillation）（水質過濾filtration）公司嗎？」

奇怪的文字組合

我們如果將一些不常用到的想法連在一起的話，我們就往往能夠創造笑料。例如：「這是我的第二次婚姻。所以我這是再次回收。」「全職的講師、全職的母親還有是兼差的白種人。你只要在精品店可能到處都可以找到我。」

有多少人曾經親自裝過電燈泡？

這個問題你可以問卡揚‧布克曼，他曾經在一個政府單位請所有的聽眾去思考這個問題。他也曾經將問題中的「多少人」改成「多少的政府工作人員」。所以你也可以像他這樣，針對不同的行業、不同的團體來改變題目。你一定要確定他們都已經回答了，這樣才不會讓聽眾覺得你在取笑他們。

古怪的定義

將你的韋式字典丟掉，你可以用另外的方式做別出心裁的定義。「我的小狗叫凱文。牠是一隻皮瓊福利斯（Bichon Frise）。如果你不知道皮瓊福利斯是什麼意思的話，你可以想像成一隻快樂的拖把……但是是有腳的。」

將奇怪的地方指出來

為什麼有些人去看醫生時將內衣脫下來之後，卻又將她們的內衣藏在其它的衣服下面呢？我問護士是不是有很多人都這樣。這時護士大笑了起來。「我們都看遍了你們身體，而你還要將內衣藏起來。你希望我們怎麼想呢？你沒穿內衣到醫院來嗎？」我們在日常生活中常做這種可笑的事情，所以我們也可以從中找出幽默的地方。

做比較

「他比爬蟲類的肚皮還要消沉。」「她一面吸地毯，一面還很快樂。」你可以做違反常識的比較，使其產生「笑」果。

假裝是另一個人

大衛・納克斯幾乎可以模仿在「小富人」中的每一個角色。自進行買賣的過程當中，他可以裝成是約翰・韋恩（John Wayne）或是克林・伊斯威特（Clint Eastwood）。如果你有模仿的天分，那麼你就可以讓你的聽眾全神貫注。

自編風趣的歌

在我演講時，我曾經讓聽眾以「划！划！划我的船」這首歌的旋律又另外唱「不！不！我不要」。你可以用類似的方式來改編一些耳熟能詳的老歌。

分享你生活中特別的事情

在不久以前有一個調查指出：德國人寧願不要老婆或是女朋友，也不願意將他們的車子放棄掉。

加上你對事情的觀察

「我想要知道的是：這些人開的是什麼車？」

粉碎童話故事

「今天早上，我的過敏症讓我覺得我就像是七矮人之中的某三個人：那就打噴嚏、身體單薄及遲鈍。我想我該看醫生了。」

丟掉對自我的人格的包袱

如果你知道別人對你的接受程度，你就可以拋棄你的包袱，並且享受歡笑。布巴・貝齊多（**Bubba Bechtol**）將自己說成是「滑溜好小子」，但是被周遭超級老練的人所阻礙。南茜・尼克萊絲也自嘲說：「當我們聽到我有的小孩那麼小，這時他們覺得我是歷盡滄桑的年輕媽媽。事實上是，我結婚的很晚，而且我是一個早已做好心裏準備的老媽媽。謝謝！」

當你瞭解聽眾的想法時，你可以用很幽默的方式，來改變他們對你的錯誤印象。你不用避諱這件事，因為你不是要戲弄他們的，他們是自我愚弄罷了。

對於喧鬧者……

對於喧鬧者不用太過於擔心。如果你的幽默可以很清楚傳遞你的思想的話，你會發現幾乎沒有人願意將自己曝光在同儕之中，並且給主講人難看。

梅菲德先生建議我們，盡可能不要理會喧鬧者。如果這些喧鬧者的聲音不會太大聲的話，你可以用你的身體擋住不去看到他們，並且繼續你的演講。如果他們堅持的話，你可以先將演講暫停——請聽眾和夥伴一起配合——或是請教會議主辦人該如何處理這件事。

請記住，無論如何不要取笑這些喧鬧者。這一招對於晚上的聽眾很有用，因為他們彼此之間並不認識。在同一個團體工作和屬於同一個團體的人之間是不同的。如果這個喧鬧者是團體中的一員，這個團體的人會集合起來告訴這個喧鬧的人說：「鬧夠了吧！夥伴。」

不要忘了練習

現在你瞭解了幽默的基本原則，但是還有最重要的一件事：那就是不要忘了練習。安遜先生說：「你對於你所要說的資料一定非常的熟悉，你也可以用很自然的方式來演說。」但是，影響一則幽默最嚴重的事情是：對於妙語含糊不清或是忘了你所要說的雙關語。所以你只要多練習就會產生信心。你可以讓自己感到非常輕鬆，因為你知道你下一步要做什麼。

安遜先生又說：「練習小故事或是小典故是很重要的，你可以多利用一些零碎的時間來練習，像是利用洗澡時或是開車的時候。」佩崔夏不管到那兒都在不斷地練習，包括在機場或是走路的時候。

演講家馬克・桑邦說：「如果不練習的話，你是如何進步的？」桑邦每天都利用零碎的時間來練習他的演講。所以他今天才能成為一個家喻戶曉的傑出演說家。

摘　要

幽默是隨處可見的。本章我們瞭解到了為什麼某些幽默顯得很平凡。我們談到了如何增進幽默的方法及如何將自我人格的包袱丟掉。最後我們討論到如何處理喧鬧者的事情，以及再次強調練習傳遞幽默的重要。

練習

1. 計算出你講一個幽默故事的時間。現在將所講的時間減到十五秒鐘。
2. 聽聽別人的幽默故事。其雙關語是不是在最後才出現？你可以聽出這些雙關語嗎？
3. 在你所說的幽默故事中，找出這些雙關語及妙句。將這些雙關語盡量用硬音來表現。
4. 請觀察其他講師或同學所講的幽默題材。請利用在「無法成為準幽默大師的原因」中所列出的各點來改進這些故事。
5. 從「如何創造幽默」中找出某些創見，來做為創造幽默的根據。
6. 討論人物特性及要如何才能表現的更為有趣。

趣味演說高手——運用幽默故事的演講　Speaker 04

作　　者／Joanna Slan
譯　　者／高尚文
出 版 者／揚智文化事業股份有限公司
發 行 人／葉忠賢
總 編 輯／孟　樊
執行編輯／應靜海
登 記 證／局版北市業字第 1117 號
地　　址／台北市新生南路三段 88 號 5 樓之 6
電　　話／(02)2366-0309　2366-0313
傳　　真／(02)2366-0310
印　　刷／鼎易印刷事業有限公司
法律顧問／北辰著作權事務所　蕭雄淋律師
初版一刷／1999 年 12 月
定　　價／新台幣 280 元
原文書名／ Using Stories and Humor: Grab Your Audience

南區總經銷／昱泓圖書有限公司
地　　址／嘉義市通化四街 45 號
電　　話／(05)231-1949　231-1572
傳　　真／(05)231-1002

ISBN　957-818-065-9
網址：http://www.ycrc.com.tw
E-mail：tn605547@ms6.tisnet.net.tw

國家圖書館出版品預行編目資料

趣味演說高手：運用幽默故事的演講／Joanna
Slan 作；高尚文譯. - - 初版. - -臺北市：
揚智文化，1999〔民 88〕
面： 公分. - -（Speaker；4）
譯自：Using stories and humor : grab
your audience
ISBN 957-818-065-9（平裝）

1.演說術 2.說故事

811.9 88014127

心理學叢書

觀光叢書

李銘輝博士／主編

本叢書涉及的內容廣泛，
立論觀點多元化，
只要是屬於旅館、旅運、餐飲、遊憩的範疇，
都將兼容並蓄，
可作為大專院校教學用書，
及相關專業人員的參考用書，
亦適合社會大眾閱讀。

文化手邊冊

孟樊／策劃

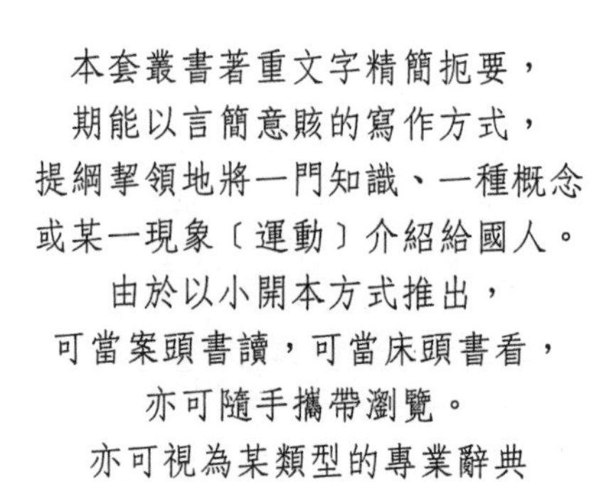

本套叢書著重文字精簡扼要，
期能以言簡意賅的寫作方式，
提綱挈領地將一門知識、一種概念
或某一現象〔運動〕介紹給國人。
由於以小開本方式推出，
可當案頭書讀，可當床頭書看，
亦可隨手攜帶瀏覽。
亦可視為某類型的專業辭典
或百科全書式的分冊導讀。

信用卡專用訂購單

（本表格可放大重複影印使用）

- 請將本單影印出來，以黑色筆正楷填妥訂購單後，並親筆簽名，利用傳真02-23660310或利用郵寄方式，我們會儘速將書寄達，若有任何問題，歡迎來電02-2366-0309洽詢。
- 歡迎上網http://www.ycrc.com.tw免費加入會員，可享購書優惠折扣。
- 台、澎、金、馬地區訂購9本（含）以下，請另加掛號郵資NT60元。

訂購內容

書 號	書 名	數 量	定 價	小 計	金額 NT(元)

訂購人：
寄書地址：

（A） 書款總金額NT（元）：
（B）郵資NT（元）：
（A+B）應付總金額NT（元）：

TEL：
FAX：
E-mail：
發票抬頭： □二聯式 □三聯式
統一編號：
信用卡別：□VISA □ MASTER CARD □JCB CARD □聯合信用卡
卡號：
有效期限（西元年/月）：
持卡人簽名（同信用卡上）：
今天日期（西元年/月/日）：
商店代號：01-016-3800-5 授權碼：（訂書人勿填）

地址：106台北市新生南路三段88號5樓之6
TEL：886-2-23660309 FAX：886-2-23660310
E-mail：tn605547@ms6.tisnet.net.tw